Jörg Trobitzsch

Schiffbruch vor der Adlerinsel

Sven, Sohn des Tromsøer Eismeerkapitäns Berg, und sein Freund Jo, der Lappenjunge, die mit ihrem alten Motorboot eigentlich nur eine Probefahrt hatten machen wollen, werden schiffbrüchig und mit einem selbstgebauten Floß auf eine einsame Vogelinsel verschlagen . . .

Auch Professor Asmussen aus Oslo ist mit einer jungen Fotografin auf dem Weg zu diesem Vogelparadies, um das Leben der Seevögel, die dort zu Millionen auf den Felsen nisten, zu beobachten . . .

Wie Sven und Jo gerettet werden, wie Sven ein gefährliches Abenteuer mit Seeadlern besteht und sich schließlich auf dem Titelbild einer Zeitung wiederfindet – das ist die spannende Robinsonade zweier norwegischer Jungen.

Jörg Trobitzsch

Schiffbruch vor der Adlerinsel

W. Fischer-Verlag · Göttingen

Illustriert von KURT SCHMISCHKE

Dieser Sammelband enthält:

Gestrandet vor der Adlerinsel
Zwei Freunde sind verschollen

ISBN 3-439-80901-3

1. Auflage 1980

Gesamtherstellung: Fischer-Offset-Druck, Göttingen

Inhalt

Besuch aus dem Norden

Im Hause des Tromsøer Eismeerkapitäns Ole Berg herrschte frohe Erwartung. Käpt'n Berg saß in der Stube und las in der Zeitung, während Frau Berg in der Küche geschäftig hin und her eilte. Verführerische Düfte eines Festbratens drangen aus der Küche und zogen durch das ganze Haus. Herr und Frau Berg warteten auf einen Gast aus dem Norden. Sie erwarteten Jo, den Lappenjungen. Sven sollte ihn vom Dampfer abholen.

Wo die beiden nur blieben? dachte Kapitän Berg und schaute ungeduldig auf die Armbanduhr. Vor einer Stunde hatte er bereits den Dampfer am Kai festmachen sehen. Sie müßten eigentlich längst hier sein.

Da schrillte Klingelgeläut durch das Haus.

„Das müssen sie sein!“ rief die aufgeregte Frau Berg aus der Küche und wollte schon nach draußen eilen, um die Tür zu öffnen.

„Laß nur, ich mach schon auf“, erwiderte Ole Berg, legte seine Zeitung beiseite, erhob sich aus dem Sessel und öffnete die Haustür.

Da standen sie beide vor ihm: sein Sohn Sven und dessen lappländischer Freund Jo. Als er jetzt in das lächelnde Gesicht des Lappenjungen blickte, erinnerte er sich plötzlich wieder an jenen Tag, als er Jo zwischen den Fischern im Tromsøer Bierkeller zum ersten Male sah. Damals hätte er selbst im Traum nicht daran gedacht, daß dieser Junge aus dem Norden einmal auf seinem Schiff anheuern würde. Aber so kam es dann, und auf der „Polarbjörn“ schlossen Sven und Jo Freundschaft.

Jedenfalls war dieser Jo ein Bursche nach Käpt'n Bergs Geschmack. Er war naturverbunden, zäh, bescheiden und intelligent. Einen besseren Freund konnte sich Ole Berg für seinen Sohn nicht wünschen.

„Hallo, Jo, laß dich begrüßen. Du glaubst nicht, wie wir uns alle freuen, daß du uns ein paar Wochen in Tromsø besuchen kommst!"

Käpt'n Berg streckte dem Lappenjungen seine Hand entgegen und fuhr dann in seiner Begrüßungsrede fort: „Hoffentlich hast du eine gute Dampferreise nach Tromsø gehabt. Aber während der letzten Tage war ja die See ruhig. Nun kommt aber schleunigst herein in die Stube. Mutter wartet bereits ungeduldig mit dem Essen auf euch beide."

Nachdem auch Frau Berg den seltenen Gast aus dem Norden begrüßt hatte, nahmen alle am Tisch Platz. Ein großer Schweinebraten dampfte aus der Schüssel. Diesen Festbraten gab es heute zu Ehren von Jo.

Später, beim anschließenden Kaffeetrinken, saßen sie alle noch eine Weile beisammen und erzählten von den gemeinsamen Abenteuern, die Jo, Ole Berg und Sven auf Spitzbergen erlebt hatten. Dann berichtete Jo vom letzten Winter in der Lappensiedlung. Lang und kalt war dieser Winter gewesen, und viele Rentiere waren bei der großen Wanderung zur Küste gestorben. So verging die Zeit mit alten Erinnerungen. Alle waren bei bester Laune. Neugierig erkundigte sich Käpt'n Berg nach den Plänen der Jungen. Daß sie etwas Außergewöhnliches vorhatten, ahnte er.

Aber was war das?

Sven und Jo blickten sich fragend an. Sollten sie jetzt schon dem Vater über ihr Vorhaben berichten? Die Gelegenheit dafür war eigentlich günstig. Mit geschauspielerter Gleichgültigkeit meinte Sven: „Ach, weißt du, eigentlich haben wir ja nichts Besonderes vor!"

Der alte Berg blinzelte. „Nichts Besonderes vor?" fragte er zurück. Es gab eine Pause.

Da ergriff Jo das Wort. „Es ist so: Sven und ich hatten auf dem Weg vom Hafen hierher über unseren Plan gesprochen. Wir wollen nämlich in den nächsten Tagen nach Røst reisen. Ich habe gerade mit einer Frau Anders telefoniert, die uns . . ."

„. . . ihr altes Motorboot zu einem Preis von nur 500 Kronen verkaufen will", beendete Ole Berg den angefangenen Satz und lächelte verschmitzt. Er freute sich an den verdutzten Gesichtern der Jungen. Sven und Jo blickten sich verwundert an.

„Donnerwetter, du hast recht!" kam es fast zugleich aus dem Mund der beiden Jungen.

Ole Berg schmunzelte. Dann griff er unter den Tisch, wo die Stadtzeitung lag, und schlug die letzte Seite mit den Anzeigen auf.

„Da steht's drin, ihr Jungs. Auch ich habe die Anzeige der Frau Anders gelesen. Doch ich muß schon sagen, daß ich mich sehr über den niedrigen Kaufpreis wundere. Für 500 Kronen ein Motorboot . . .?"

Ole Berg wurde ernst. Er schüttelte den Kopf. Ihm gefiel die ganze Sache überhaupt nicht. Wer weiß, dachte er, wie heruntergekommen dieses Motorboot ist.

Dann gab er den Jungen noch folgendes zu bedenken: „Und wie wollt ihr denn überhaupt das Boot von den Røst-Inseln nach Tromsø bringen? Das ist eine weite Strecke, und gefährlich ist sie dazu!"

Sven versuchte seinen Vater zu beschwichtigen: „Ach was, ich habe ja mit Frau Anders darüber am Telefon gesprochen. Sie hat mir gesagt, daß es ein Rettungsboot mit einem sehr guten Motor sei. Die Frau wird mich doch nicht anlügen!"

Aber Ole Bergs Mißtrauen war geweckt. Ihm gefiel der Plan der Jungen in keiner Weise. Er überlegte: Wenn das Rettungsboot wirklich ein seetüchtiges Fahrzeug war, würde es die Frau nicht für bloße 500 Kronen abgeben, sondern mindestens den fünffachen Preis dafür verlangen.

Ole Berg kannte Sven und Jo gut genug, um zu wissen, daß er den beiden diesen verrückten Plan nicht ausreden konnte. Er nahm sich vor, dazu nichts mehr zu sagen. Vielleicht würden die beiden Jungen das Boot sonst heimlich kaufen. Insgeheim hoffte er doch, daß sie seinem Rat folgen und es nicht kaufen würden. Den erfahrenen Kapitän bedrückte die Sorge, daß den beiden mit diesem Motorboot ein Unglück zustoßen könnte.

Frau Berg, die zu alle dem noch nichts gesagt hatte, saß mit bekümmerter Miene am Tisch. Traurig sagte sie: „Ich verstehe euch beide wirklich nicht. Hier in Tromsø habt ihr es so schön! Statt dessen müßt ihr euch in solche aufregenden Abenteuer stürzen. Hoffentlich kommt ihr mir wieder heil zurück!"

„Wir werden vorsichtig sein", versprachen Sven und Jo. Sie meinten es ernst mit ihrem Versprechen.

Ein gewagtes Unternehmen

Es ist eine Zwei-Tage-Reise von Tromsø bis zu den Røst-Inseln am Polarkreis. Die beiden Freunde Sven und Jo verbrachten jetzt bereits den zweiten Tag auf dem Postdampfer. Sie standen oben auf dem Deck an die Reling gelehnt und ließen sich den kalten Fahrtwind ins Gesicht wehen. Erwartungsvoll blickten sie über das Nordmeer, wo seltsam geformte Inseln am fernen Horizont auftauchten und allmählich größer wurden.

Das sind die Røst-Inseln, die weitab von der norwegischen Küste im Meer liegen. Kahl und nackt ragen sie aus dem Meer. Die Wellenberge des Nordatlantiks brechen sich hier an Hunderten von schroffen Felsinseln, flachen Schären und gefährlichen Klippen. Es gedeihen auch keine Bäume in diesem rauhen Nordlandklima. Nur dort, wo der Seewind den Humus noch nicht fortgetragen hat, wachsen Gräser und leuchtende Blumen.

Es war dann Jo, der die beiden schwebenden Punkte im fernen Himmelsblau zuerst sah.

„Schau mal nach oben, Sven!"

Sven legte den Kopf in den Nacken und kniff die Augen zusammen. „Adler?" fragte er.

„Ja, es sind bestimmt Adler. Möwen fliegen doch anders. Den beiden dort oben entgeht nichts! Die haben ausgezeichnete Augen. Leider sind diese stolzen Adler unsere Feinde. Sie sollen sich blitzschnell aus der Luft auf die kleinen Rentierkälber stürzen, sie mit ihren Fängen umklammern und damit fortfliegen. Das habe ich schon oft von unseren Rentierhirten gehört!"

„Ach was", widersprach jetzt Sven, „das sind doch bestimmt nur erfundene Märchen, um kleinen Kindern Angst zu machen. Von meinem Vater weiß ich nämlich, daß die Seeadler hauptsächlich Fische fangen. Sag – hast du mal mit eigenen Augen einen Adler mit einem Rentierkalb davonfliegen sehen?" Nein – das hatte Jo nicht!

Während sich die Jungen so über die beiden Seeadler unterhielten, hatten sie nicht bemerkt, daß ein langer, hagerer Herr interessiert ihrem Gespräch gefolgt war. Nun schaltete er sich in die Unterhaltung ein.

„Ja, Ihr Freund hat recht", wandte er sich an Jo, „die meisten Greuelgeschichten über die Seeadler sind tatsächlich erfunden. Die beiden Seeadler, die wir dort oben sehen, ernähren sich von Fischen oder von der Jagd auf kranke Möwen oder andere Seevögel. Ich weiß auch, warum sich die Bauern und Fischer, übrigens auch die Lappen, so viele unwahre Geschichten über die Seeadler erzählen. Findet mal ein Bauer sein Lamm nicht mehr, weil es vielleicht in eine tiefe Felsspalte gestürzt ist, muß es gleich immer ein Adler gewesen sein, der es in seinen Fängen forttrug. Um sich an diesen angeblichen Missetätern zu rächen, schossen früher die Bauern und Fischer viele Adler ab. Aber das dürfen sie gottlob heute nicht mehr. Die Regierung hat jetzt die Adler unter Naturschutz gestellt, und das finde ich richtig, denn sonst hätten wir in Norwegen bald keinen Seeadler mehr."

„Donnerwetter, Sie scheinen ja eine ganze Menge über die Seeadler zu wissen", staunte Sven.

Er überlegte, wer wohl dieser Mann sein könnte. Wie ein Fischer von den Inseln sah er jedenfalls nicht aus.

Der Fremde lächelte über das Erstaunen der Jungen und stellte sich vor: „Ich bin Professor Asmussen von der Universität Oslo. Ich studiere das Leben der Meeresvögel, und darum muß ich ja wohl auch einiges über die Adler wissen. Ich bin Ornithologe!"

„Ornithologe?" fragte Jo, „was ist denn das?"

„Ein Ornithologe ist ein Vogelforscher. Ich zum Beispiel habe mich auf die Erforschung bestimmter

Meeresvögel spezialisiert. Darüber schreibe ich Bücher und Berichte. Und um bestimmte Seevögel zu beobachten, bin ich auch hierhergekommen. Die Røst-Inseln sind nämlich ein richtiges Vogelparadies."

Der Gelehrte freute sich über das Interesse der beiden aufgeweckten Jungen. Er hätte ihnen gern noch einiges mehr über die Seeadler erzählt. Aber da wurde er von einem jungen Fräulein, seiner Reisebegleiterin, fortgerufen. Ja, das war schade, fanden die Jungen.

Inzwischen fuhr der Dampfer auch schon in den Hafen ein. Unzählige Möwen umkreisten das Schiff.

Einstöckige, ärmliche Holzhäuser der Fischer leuchteten in bunten Farben: rot, grün, gelb, grau und blau. Die Holzhäuser stehen meist auf Pfählen. So können die Fischer von Røst direkt bis vor die Haustür fahren und sind dann gleich daheim.

„Tuut ... tuuut ...", signalisierte das Schiffshorn die Ankunft des Postdampfers. Alle Möwen in der Nähe flogen erschreckt auf. Sie brüteten jetzt überall. Ihre Nester hatten sie auf Mauervorsprünge, zwischen die Fensterbretter alter Speicher, auf Dächer und in alte Schuppen gebaut.

Die tägliche Ankunft des Dampfers war für die Einheimischen ein bedeutendes Ereignis. Viele Leute kamen zum Hafen, um die Schiffsankunft zu erleben. Neugierige Blicke folgten den Jungen, als sie von Bord gingen.

„Sag mal, wo wohnt denn hier Frau Anders?“ fragte Sven ein Mädchen, das in nächster Nähe stand. Aber das begann nur zu kichern. Ratlos blickten sich die Jungen um.

„Blöde, alberne Gans“, brummte ein Fischer, der das beobachtete. Er schob das Mädchen zur Seite und erklärte den Jungen bereitwillig den Weg.

Frau Anders war seit einem halben Jahr Witwe. Sie bewohnte mit ihren drei Kindern am Ortsrand ein altes, baufälliges Haus. Als die Jungen jetzt bei ihr eintraten, lief gerade der Fernsehapparat in der Stube, und ein Baby brüllte aus Leibeskräften. Schmutzige Wäsche, Töpfe und Zeitungen lagen verstreut auf dem Fußboden herum.

Mürrisch und unfreundlich fragte sie die Jungen, was sie eigentlich hier wollten. Sven und Jo erklärten ihr, was sie hierher führte.

„So, das Boot wollt ihr also haben“, sagte sie. „Dann muß ich wohl mit zum Hafen runterkommen und euch zeigen, wo es liegt. – Und wie ist es mit dem Geld? Habt ihr welches mit?“

„Ja, natürlich haben wir das Geld für das Boot mit“, erwiderte Sven, der wieder einmal das Wort führte.

„Dann könnt ihr es mir gleich geben“, sagte Frau Anders, streckte die Hand aus und blickte die Jungen herausfordernd an. Sven griff in seinen Brustbeutel, zählte 500 Kronen ab und überreichte ihr den Betrag. Es war das Geld, das er und Jo für den Erwerb des Bootes zusammengelegt hatten.

Frau Anders zählte gewissenhaft das Geld nach, verschloß es sofort im Schrank und zog den Schlüssel ab.

Dann warf sie sich einen abgewetzten Mantel über und ging nach draußen. Die beiden Jungen folgten ihr zum Hafen.

„Da liegt euer Boot“, brummte sie. Darauf drehte sie sich um und schlurfte davon. Die Jungen blieben allein mit dem Boot zurück.

Möwen greifen Adler an

Der Anblick dieses Bootes verschlug den Jungen für einige Zeit die Sprache. Es war ein altes, plumpes, verkommenes Rettungsboot von etwa sieben Meter Länge. Behäbig schaukelte es in der Dünung des Hafens.

Die graue Ölfarbe blätterte schon vom Holz ab, und der unförmige Motorblock hatte bereits Rost angesetzt. Ob dieser Motor überhaupt jemals funktionieren würde?

„Oh, diese Hexe!" schimpfte Sven, und Zornesröte stieg ihm ins Gesicht.

„Ja, da hat sie uns schön hereingelegt. Wir hätten ihr das Geld noch nicht geben sollen!" stöhnte Jo. Auch er war wütend.

Vor Wut und Enttäuschung hätten die Jungen heulen mögen. Das war doch kein seetüchtiges Motorboot, sondern eher ein schwimmender Sarg. Wie sollten sie damit die lange Seereise zurück nach Tromsø wagen?

Einige Fischer standen in der Nähe der beiden Jungen. Sie hatten ihre Hände tief in den Hosentaschen vergraben und beobachteten, wie Sven und Jo sich mit dem Motor abplagten. Keiner der Fischer mochte die raffgierige Witwe Anders leiden. Aber alle im Dorf fürchteten sie wegen ihrer spitzen Zunge. Deswegen hatten die Fischer nun auch keinen Mut, den Jungen klarzumachen, daß dieses Boot die 500 Kronen nicht wert sei und daß sie getrost von der Witwe ihr Geld zurückverlangen sollten.

Jeder dieser Fischer wußte genau, wie lebensgefährlich es ist, sich mit solch einem schlechten Boot in die offene See zu wagen. Aber nicht einer der Fischer warnte die Jungen. Nein – diese Fischer waren wahrhaftig keine großen Helden. Schlechte Menschen waren sie aber auch nicht. Sie waren nur gleichgültig! Schrecklich gleichgültig ...

„Tuck, tuck, tuck ...", machte plötzlich der alte Motor, und er spuckte schwarze Rauchkringel in die Luft. Das ganze Boot zitterte und vibrierte unter dem Lärm des Zweitaktmotors.

„Du darfst nicht zuviel Gas geben", warnte Jo den ungestümen Sven und fügte nach kurzer Pause, befriedigt über den rasselnden Motor, hinzu: „Ich hätte ja nie geglaubt, daß ich diese alte Kaffeemühle wirklich zum Laufen bekäme. Los, spring ins Boot! Wir machen erst einmal eine Rundfahrt durch den Hafen."

Es dünkte den Jungen ein unbegreifliches Wunder, daß dieser Motor überhaupt funktionierte und nicht ein einziges Mal streikte.

Langsam fuhren sie mit ihrem Rettungsboot an den Kuttern der Einheimischen vorbei. Als die Jungen nach zehn Minuten wieder am Kai festmachten, hatten sie sich noch immer nicht entschieden, ob sie mit diesem Boot die lange, gefährliche Rückreise nach Tromsø wagen sollten oder nicht. Sie trauten den möglichen Launen des uralten Motors nicht.

Sie überlegten sich, in welche Gefahr sie plötzlich kämen, wenn der Motor auf offener See ausfiele, und sie beschlossen, erst einmal eine längere Probefahrt zu machen. Hatten sie nicht den Eltern versprochen, vorsichtig zu sein?

„Am besten ist wohl, wenn wir Proviant kaufen, unser Zelt und die Schlafsäcke ins Boot packen und dann zu den anderen Inseln fahren. Wenn der Motor mal streikt, gehen wir auf einer Insel an Land und bringen ihn wieder in Ordnung. Oder hast du einen besseren Vorschlag?" meinte Jo, der seine Neugier kaum zügeln konnte, die seltsamen Røst-Inseln kennenzulernen. Auch Sven fand die Idee ganz ausgezeichnet.

Noch am selben Nachmittag verließen sie mit ihrem erworbenen alten Rettungsboot den verträumten Hafen. Sven und Jo begingen aber einen großen Fehler.

Niemandem im Dorf berichteten sie über ihr Vorhaben. Als die Fischer das Boot aus dem Hafen fahren sahen, glaubten sie alle, die fremden Jungen wären nun auf dem Weg heimwärts. Niemand sah, daß die beiden nach Verlassen des Fischerdorfes den Kurs änderten und das Boot auf die große Vogelinsel Storfjeldet zusteuerte.

„Tuck, tuck, tuck ...", machte der Motor, und dieser gleichmäßige Lärm war für die Jungen in diesen Augenblicken die herrlichste Musik. Der alte Motor lief. Das war erst einmal die Hauptsache. Was tat es schon, wenn das schwerfällige, behäbige Rettungsboot wie eine schwimmende Badewanne in der Dünung des Nordmeers schaukelte! Und war es so schlimm, wenn vorn am Bug Wasserspritzer überkamen, wo ja sowieso Wasser durch das kleine Leck einsickerte und geschöpft werden mußte! Vielleicht war das Boot doch seetüchtiger, als man es ihm von außen ansah.

Die Insel Storfjeldet rückte allmählich näher. Schroffe, steile Felswände gaben ihr ein markantes Aussehen. Bald sahen die Jungen mit bloßem Auge, daß Tausende von Möwen die steilen Felsen der Insel bevölkerten. Auf Felsvorsprüngen, in Aushöhlungen, auf Felskanten und auf Felsbändern hatten sie ihre Nester. Dort hockten sie und bebrüteten ihre Eier. Das war ein ohrenbetäubendes Kreischen und Streiten.

Je näher das Boot an die Insel heranfuhr, desto mehr schwoll der Lärm an. Plötzlich kam Bewegung in die brütende Möwenschar. Dreizehenmöwen flogen hastig von ihren Nestern auf, wobei der höllische Lärm noch zunahm. Er übertönte sogar den Krach des Bootsmotors. Am liebsten hätten sich die Jungen die Ohren zugehalten.

Warum flogen die Vögel bloß so erschreckt auf? Das war den Jungen unerklärlich, und sie wunderten sich darüber. Erschraken die Möwen etwa vor dem nahenden Motorboot?

Dabei beobachteten Sven und Jo, daß die Vögel dem nahenden alten Rettungsfahrzeug eigentlich keine außergewöhnliche Beachtung schenkten. Wenn sich aber die Möwen nicht vor dem Motorboot fürchteten, ja, vor wem ängstigten sie sich dann?

Vielleicht, dachte Jo, hat sie ein hungriger Fuchs aufgeschreckt, der gerade listig die Felsbänder abschleicht und sich mit einer leckeren Mahlzeit von angebrüteten Möweneiern versorgen will. Jos Blicke wanderten unermüdlich die einzelnen vorspringenden Felsbänder ab. Doch nirgends konnte er einen gefräßigen Fuchs oder ein anderes Raubtier erkennen.

„Da, sieh den Adler über uns!“ schrie Sven unvermittelt und deutete nach oben. Richtig! Über dem Felsen segelte ein riesiger Vogel mit breiten, ausladenden Schwingen. Sein Stoß leuchtete hell in der Sonne. Nun wurde den Jungen schnell klar, daß es dieser Seeadler war, der die Möwen in Angst und Schrecken versetzte.

Sven und Jo stellten den Motor ab. Dann legten sie den Kopf in den Nacken und blickten angestrengt in das Blau des Himmels. Sie bewunderten lange Zeit die großartige Flugtechnik des Seeadlers, der die Aufwinde am Felsen nutzte und sich mit ausgebreiteten Schwingen allmählich höher und höher in das Blau des Himmels schraubte. Welch ein Bild der Stärke!

Wahrhaftig, dachte Sven bei diesem großartigen Anblick, der Adler ist der König der Lüfte. Er ist der mächtigste unter allen Vögeln. Welcher andere Vogel würde es wagen, ihn anzugreifen!

Aber er irrte sich, als er das dachte. Die beiden Jungen wurden noch in der nächsten Minute Zeugen eines sehr seltsamen Kampfes. Unvermutet flogen plötzlich sieben bis zehn Möwen aus der Felswand auf und schossen in blitzschnellem Flug auf den kreisenden Adler zu. Durch ihre kurzen, kräftigen Flügelschläge schienen sie den Jungen auch weitaus geschicktere Flieger als der Seeadler zu sein. Sie befanden sich zudem in großer Übermacht und stießen von links und rechts und von oben auf den Adler nieder.

Es war den Jungen, als wollten die Möwen dem Adler die Federn zausen und ihm beweisen, daß es mit seiner Würde und Majestät nicht weit her sei. Der

Seeadler wußte zwar wohl, daß ihm die Möwen nicht wirklich gefährlich werden konnten. Aber sicherlich ärgerte er sich über diese Plagegeister, die ihm keine Ruhe gaben. Wütend schlug er mal mit der linken, mal mit der rechten Schwinge nach einer heranschießenden Möwe, doch traf er sie selten.

„Das ist doch einfach nicht zu glauben", rief Sven aus, „daß sich der Seeadler von diesen harmlosen Möwen ärgern läßt!"

Ja – das war wirklich erstaunlich! Woher nahmen die Möwen nur ihren Mut, den Seeadler mit seinem gewaltigen, scharfen Schnabel und mit seinen gefährlichen Fängen anzugreifen? Fühlten sie sich etwa in ihrer Übermacht so stark? Oder waren die Möwen wirklich gewandtere Flieger, daß der Seeadler nichts gegen sie unternehmen konnte? Das waren Rätsel über Rätsel für Sven und Jo.

Höher und höher schwang sich nun der Seeadler in die Lüfte, so daß er vom Boot aus bald nur noch als kreisender Punkt zu sehen war. Bald vermochten ihm die Möwen nicht mehr zu folgen. So ließen sie von ihm ab und kehrten zu ihrer Felswand zurück.

Ein altersschwacher Motor

Während dieses aufregenden Luftkampfes zwischen Seeadler und Möwen trieb das alte Rettungsboot allmählich in die Nähe gefährlicher Klippen. Die Jungen starrten weiterhin unentwegt in den Himmel und achteten nicht auf die bedrohliche Situation. Als jedoch der Lärm tosender Brandung zunahm, ließ Jo den Blick vom Seeadler und schaute sich nach dem unheilverkündenden Brandungsgeräusch um. Mit Entsetzen sah er weiße, flockige Gischt über die Klippen spritzen. Diese Klippen ragten nur etwa dreißig Meter vom Boot entfernt aus dem Meer auf. Jetzt erkannte er die große Gefahr.

„Sven, sieh die Klippen", rief er erschrocken. Sven saß dem Motor am nächsten. „Wir sind in Gefahr. Gib schleunigst Gas, daß wir hier wegkommen! Hörst du!"

Sven, der noch immer dem fernen Adler nachspähte, war mit seinen Gedanken bei dem Vogel. Von der Warnung seines Freundes aufgeschreckt, schaute er sich verwirrt um. Er sah die näher kommenden Klippen, hörte das drohende Brandungsgetöse und erkannte nun in Sekundenschnelle die große Gefahr. Schnelles Handeln tat not. Sven warf hastig den Motor an. Dann gab er Gas und steuerte das alte Boot vom gefährlichen Felsen weg hinaus in die offene See.

Das ist noch einmal gutgegangen, dachte jeder der Freunde für sich. Doch der anschwellende Motorlärm erschreckte jetzt die Möwen. Viele von ihnen verließen die Nester im Felsen und schwangen sich zornig in die Luft. Das Gekreisch der empörten Dreizehenmöwen übertönte sogar noch den Motorlärm. Aufgeregt kreisten sie über dem dahintuckernden Rettungsboot.

Doch was war das? Ein Regen von weißen, klebrigen Spritzern ging auf die Jungen hernieder.

Klatsch! – Sven traf es ins linke Auge. Wie das scharf brannte! Für einige Minuten konnte er auf diesem Auge nichts sehen.

„Pfui Teufel noch mal! Das ist ja eine schöne Bescherung! Wenn nur der Motor stärker wäre, daß wir hier schneller fortkämen“, schimpfte er wütend.

Klatsch, klatsch, klatsch ... – so machte es nun ständig. Jo trafen einige besonders große Spritzer auf sein schwarzes Haar. Innerhalb von wenigen Minuten sahen die Jungen und das Boot weißgesprenkelt aus. Eine unerwartete Überraschung war das. Woher kamen nur die weißen Spritzer? Natürlich waren es die verschreckten, wütenden Möwen, die die Jungen auf diese ungewöhnliche Weise aus der Nähe ihres Vogelfelsens vertreiben wollten. Sie kreisten aufgeregt über dem fahrenden Boot und ließen ihren Vogelkot ab.

„Die scheinen ja nicht dumm zu sein“, brummte Jo und blickte nach oben zu den kreischenden Möwen. Die Hand hielt er schützend über seinen Kopf, damit er nicht noch mehr von diesen weißen, klebrigen, übelriechenden Spritzern auf die Haare bekam.

Das ist jedenfalls auch eine Methode, lästige Störenfriede zu vertreiben, dachte er bei sich. Ob Seeadler oder Mensch, die Möwen haben anscheinend für jeden eine andere Überraschung bereit.

Mit der höchsten Geschwindigkeit, die das alte Fahrzeug noch hergab, flüchteten die Jungen aus der

Nähe der Vogelfelsen. Sie steuerten das Boot ins offene Fahrwasser. Der Zweitakter des alten Rettungsbootes spuckte weiterhin geduldig seine schwarzen Rauchkringel in die Luft. Das war Musik in den Ohren der Jungen. Der altersschwache Motor leistete doch mehr, als sie ihm anfangs zugetraut hatten. Das häßliche, unansehnliche Boot zeigte sich jedenfalls von der besten Seite. Das machte die Jungen froh.

Das Fischerdorf lag inzwischen weit hinter ihnen. Immer tiefer drangen Sven und Jo in das Gewirr von Schären, Klippen und Felsen ein. Sie fühlten sich als Entdecker. Kein Fischkutter begegnete ihnen oder überholte sie. Die nackten Felsinseln wirkten unbewohnt, denn nirgends erblickten sie ein Haus oder andere Spuren menschlicher Anwesenheit. Aber dafür gab es viele, viele Vögel. Manche Vogelart hatten die Jungen noch nie zuvor gesehen. Vögel schwirrten und flatterten unentwegt durch die Luft. Vögel hockten auf den Felsen am Ufer. Vögel schwammen und tauchten im Wasser. Überall waren sie. Es ist kein Wunder, daß es so viele von ihnen hier gibt, denn das Meer hat für sie alle genügend Nahrung.

Plötzlich horchten Sven und Jo auf. Was war das? Alle ihre Sinne waren jetzt auf das äußerste gespannt. War das Einbildung, oder hörten sie richtig? Die Freunde schauten sich fragend an, als wollten sie einer vom anderen wissen, ob er es auch vernommen hatte. Es gab keinen Zweifel. Beide hörten es mit Entsetzen: der Motor begann unruhiger zu laufen. Lag es vielleicht nur am verstopften Treibstoffilter, oder lag es an einer verrußten Zündkerze? Oder wollte dieser altersschwache Zweitaktmotor nun endgültig sein Leben aufgegeben?

„Tuck ... tuck ... tuck" – der Motor verstummte nun vollends. Die unvermittelte Stille wirkte auf die Freunde beklemmend und unheilvoll. Sogar die Seevögel erstaunte das plötzliche Schweigen des Motors. Hier und dort tauchten sie aus dem Wasser auf und blickten neugierig zu den Jungen herüber. Aber Sven und Jo beachteten die Meeresvögel jetzt überhaupt nicht mehr. Zornig ballte Jo die Faust und verwünschte dieses Boot.

„Oh, dieser vertrackte Motor", stöhnte er. Sven stieg vor Ärger das Blut in den Kopf.

„Ein kaputter Motor! Das fehlt uns gerade noch! Ausgerechnet so weit fort vom Fischerdorf muß uns das passieren!" schimpfte er wütend.

Immer wieder versuchte er, den Motor anzuwerfen. Aber da blieb alle Mühe umsonst! Der alte Motor gab keinen Schnaufer mehr von sich.

Inzwischen tanzte das Boot steuerlos in den Wellen auf und nieder.

„Was nun?" fragte Sven. Er sah ein, daß er den Motor nicht mehr in Gang bringen konnte.

Ja – was sollten die Jungen nun unternehmen? Bis zum Fischerdorf waren es mindestens zwanzig Kilometer. Jo deutete verdrossen zur nächsten Insel und dann auf die Notruder. Er zuckte mit den Schultern, was soviel bedeuten sollte wie: Wir müssen eben rudern, wenn wir fortkommen wollen!

Jo jedoch hoffte insgeheim, daß es Sven später an Land gelingen würde, den Motor zu reparieren. Er selbst verstand nicht sehr viel von Bootsmotoren. Langsam tauchten Sven und Jo die großen, unhandlichen Ruder ins Wasser. Träge, schwerfällig schaukelte das fahruntüchtige Motorboot in der Dünung.

„Puh! Wie lange das dauert, bis sich dieser schwimmende Kasten ein paar Meter vorwärtsbewegt", knurrte Sven mit finsterer Miene. Schon nach wenigen Minuten gerieten die beiden ins Schwitzen, und auf den Handtellern zeigten sich Blasen. Die Jungen waren in sehr schlechter Laune. Sie redeten kaum miteinander.

Mit zusammengekniffenen Lippen ruderten sie unentwegt. Aber wo sollten sie hier an Land gehen? Überall sahen sie nur Steilküste. Da entdeckte Jo eine günstige Stelle.

„Dort drüben, dort geht's!" rief er und deutete auf eine kleine Bucht.

„Wo?" fragte Sven.

„Siehst du nicht den kleinen Sandstrand am Ende der Bucht? Auch Treibholz liegt dort. Gleich dahinter wächst Gras. Vielleicht können wir dort auch unser Zelt aufschlagen und über Nacht bleiben", schlug Jo vor.

„Keine schlechte Idee", erwiderte Sven und beschaute sich eine dicke Blase auf der Hand. Ihm genügten die vielen bösen Überraschungen für heute. Es war ihm recht, dort irgendwo am Strand das Zelt aufzubauen und die Nacht zu verbringen. An den nächsten Tag versuchte er erst gar nicht zu denken.

Wieder griffen die Jungen zum Ruder und setzten die anstrengende Arbeit fort. Viel zu langsam rückte die ersehnte Bucht mit dem verlockenden Sandstrand, dem Treibholz für ein Feuer und der Wiese zum Zelten näher. Schließlich fuhr das Boot knirschend mit dem Kiel auf dem Sand auf.

„Endlich sind wir hier", stöhnte Sven und erhob sich schwankend von der Sitzbank. Wie steif ihre Beine vom vielen Sitzen waren! Sven und Jo sprangen ins Wasser und begannen mit ihren letzten Kräften, das Boot höher ans trockene Ufer zu ziehen. Aber das plumpe, häßliche Rettungsfahrzeug lag wie ein Sack voll Sand im Wasser und ließ sich keinen Zentimeter weiter von der Stelle bewegen.

„Dann eben nicht", brummte Sven mißmutig. Er warf den kleinen Anker über Bord, um das Boot bei steigendem Wasser vor dem Abtreiben zu schützen.

Beim flüchtigen Hinsehen bemerkte er wohl, daß die Glieder der Ankerkette morsch und rostig aus-

sahen. Diese Ankerkette ist sicher uralt, dachte er bei sich. Sie ist sicher so alt wie alles an diesem alten Kasten. Aber sie wird hoffentlich halten!

Würde sie wirklich halten, wenn das Boot in den auflaufenden Wellen hin und her gerissen würde? Svens Nachlässigkeit sollte sich schon bald als verhängnisvoller Fehler erweisen.

Nachdem die Freunde den Strand und die Umgebung kurz gemustert hatten, berieten sie sich.

„Am besten baust du das Zelt auf und machst uns Abendbrot“, schlug Sven vor. „Ich kümmere mich inzwischen um den Motor. Dieser dumme Motor läßt mir einfach keine Ruhe!“

„In Ordnung“, stimmte Jo zu, packte die zusammengefaltete grüne Zeltplane und marschierte zu der kleinen Wiese hinter dem Strand. Dort fand er schnell einen geeigneten Zeltplatz, richtete ihr kleines Zelt auf und sammelte etwas Holz zum Feuermachen; Treibholz lag ja am Strand genug herum.

Inzwischen hockte Sven vor dem Bootsmotor und suchte den Fehler. Dieser vertrackte Motor, dachte er bei sich, warum springt er nicht mehr an? Er mußte das unbedingt herausfinden, da alles davon abhing, daß der Motor wieder lief. Sonst müßten Jo und er mit dem schwerfälligen, alten Rettungsfahrzeug zum Fischerdorf zurückrudern. O weh – würde das eine schlimme Schinderei für sie! Sven wagte nicht daran zu denken, wie viele Blasen er dann erst auf der Handfläche hätte.

Sven kannte sich ein wenig mit Bootsmotoren aus. Vom Vater hatte er da viel gelernt. Vorsichtig schraubte Sven erst einmal die alte rostige Abdeckplatte des Motors herunter. Ob er den Fehler finden würde? Er drehte mit dem Schraubenschlüssel die Zündkerzen heraus und untersuchte sie. Wie sahen die verschmutzt aus! Sicher lag das Versagen des Motors an den Zündkerzen. Durch den angesetzten Ruß und Schmutz konnten die Zündfunken nicht mehr überspringen.

Im Boot lag eine alte Blechdose, die sonst zum Wasserausschöpfen verwendet wurde. In diese Blechdose füllte er etwas Benzin ein. Dann tauchte er die Zündkerzen in das Benzin, rieb den Schmutz mit einem Lappen fort und setzte sie wieder ein. Sven holte tief Luft und überlegte sich: Wenn es nur an den verschmutzten Zündkerzen gelegen hat, dann wird der Motor sofort anspringen. Und wenn es nicht an den Zündkerzen gelegen hat, was dann . . .? Er wagte nicht daran zu denken.

Sven packte das Startseil und riß es mit einer kräftigen Bewegung nach vorn.

„Tuck, tuck, tuck . . .“, sagte der Motor. Er spuckte wieder die vertrauten schwarzen Rauchkringel in die Luft. Der Motor lief! Sein lautes Tuckern erschien Sven wie ein liebliches Geräusch. Rasch stellte er

ihn wieder ab und machte sich auf den Weg zum Zelt. Erst jetzt verspürte er ein seltsam leeres Gefühl im Magen. Er erinnerte sich, daß er seit dem Morgen nichts mehr gegessen hatte. Sein Hunger war groß.

Vor dem Zelt hockte Jo an einem kleinen Feuer. Heißer Kaffee dampfte im Kaffeekessel, und in der Pfanne brutzelten Spiegeleier und Schinken. Sven fand, daß er sich ein gutes Abendbrot rechtschaffen verdient hatte.

Später saßen Sven und Jo noch eine Weile am knisternden Feuer. Die Sonne verschwand kurz vor Mitternacht als feuriger Glutball im Meer. Die letzten Sonnenstrahlen und die flackernden Flammen beschienen die Gesichter der Jungen. Lange schauten sie noch hinaus in die offene See und beobachteten, wie sich der Himmel allmählich dunkelblau verfärbte.

Auch die Seevögel schienen diesen friedlichen Abend zu genießen. Sie hockten auf den Felsblökken und blickten ebenfalls aufs Meer. Ihr seltsames Gurren und Schnarren vernahmen die Jungen noch, als sie schon längst in ihre Schlafsäcke gekrochen waren.

Wo ist das Rettungsboot?

Als am anderen Morgen die Sonne auf das Zelt zu scheinen begann, erwachte Jo. Es war ihm im Wollschlafsack zu warm geworden. Er schwitzte, und er konnte nicht wieder einschlafen. Eine Zeitlang lauschte er auf die seltsamen Geräusche der Seevögel und auf das ferne Rauschen der Brandungswellen in den Klippen. Dann blickte er zu Sven hinüber. Aber der schlief noch tief und fest.

Leise, so daß Sven nicht aufwachte, kroch er aus seinem Schlafsack und lief barfuß zum Strand. Er wollte nur nachsehen, ob mit dem Boot alles in Ordnung war, und ein bißchen Treibholz zum Kaffeekochen sammeln.

Nach wenigen Minuten kam Jo atemlos zum Zelt zurückgerannt. Er war sehr erregt. Er kroch ins Zelt, zog an Svens Schlafsack, schüttelte seinen Freund an den Schultern und rief laut: „Sven, wach auf! Es ist etwas Schlimmes passiert! Das verflixte Boot ist nicht mehr da! – Los, wach auf!"

Aber Sven war noch zu müde. Er schlug nur für einen Moment die Augen auf, drehte sich dann jedoch sofort wieder verschlafen auf die andere Seite. Er haßte es, aus dem Schlaf geschreckt zu werden. Er wollte weiterschlafen. Er fand es so schön, im warmen Schlafsack zu liegen. Das Rettungsboot soll verschwunden sein? – ging es ihm im Halbschlaf durch den Kopf. Das ist ja unmöglich! Ich habe es ja selbst mit der Ankerkette gesichert. Das muß ein schlechter Traum sein!

Es war kein Traum, sondern die schlimme Wirklichkeit. Noch einmal versuchte Jo, seinen Freund wach zu bekommen.

„Zum Teufel noch mal!" schimpfte er jetzt so laut, daß einige Seevögel erschreckt von ihren Ruheplätzen aufflogen. „Wach auf, unser Boot ist fort!"

Jetzt schüttelte er den armen Sven so lange, bis dieser endlich die Augen öffnete.

„Was ist denn nur los?" murmelte er schlaftrunken und versuchte sich zu erinnern, was Jo eben gesagt hatte. Ihr Rettungsboot sollte fort sein! Hatte er sich verhört?

Da wurde Sven mit einem Male hellwach. Eine schlimme Ahnung überkam ihn. Mit hastiger Bewegung riß er den Reißverschluß seines Schlafsacks auf.

Er stolperte nach draußen und lief hinunter zum Strand. Das grelle Morgenlicht blendete ihn.

Silbrig glänzte das Meer. In der geschützten Bucht plätscherten kleine Wellen gegen den Sandstrand, der öde und verlassen lag.

In der Ferne sah er einen dunklen Punkt im hell schimmernden Wasser auf- und niedertanzen. Das war das alte Rettungsboot! Unaufhaltsam trieb es hinaus in die offene See. Sven blieb vor Schreck wie zu einer Säule versteinert stehen. Er starrte dem davontreibenden Fahrzeug nach. Dann schlug er sich wütend mit der Hand vor die Stirn.

Wie konnte das nur passieren? fragte er sich zornig. Tausend Gedanken tanzten ihm durch den Kopf. Er verstand das alles nicht. Da kam ihm ein schrecklicher Verdacht. Seine Blicke wanderten langsam am Strand entlang bis zu der rostigen Ankerkette, die im Sand lag. Der Anker war noch daran befestigt.

Seine Vorahnung hatte ihn also nicht getrogen. Als sie beide in der Nacht, nichts Böses ahnend, in ihren Schlafsäcken lagen, war die brüchige Ankerkette gerissen. Der einsetzende Ebbstrom mußte das Boot dann allmählich in die offene See hinausgetrieben haben.

Inzwischen hatte sich das Boot so weit vom Ufer entfernt, daß es nun lebensgefährlich wäre, hinterherschwimmen zu wollen. Sven mußte erkennen, daß es für sie keine Möglichkeit gab, das Boot zurückzuholen. Das war schlimm!

Sven drehte sich langsam zu Jo um. „Was nun?“ fragte er. Aber darauf wußte Jo auch keine gescheite Antwort; er zuckte nur ratlos mit den Schultern. Sie wußten beide nur zu gut, wie selten Fischer mit ihren Kuttern zwischen den Inseln herumkreuzten.

Die Gewässer zwischen den Vogelinseln sind den Fischern einfach zu unberechenbar. Da gibt es gefährliche Strömungen und tückische Unterwasserklippen, an denen sich die Fischer ihre Netze zerreißen würden. Die Fischer von Røst setzten dann schon lieber ihre Netze in der offenen See aus und mieden diese Inseln. Es wäre also ein großer Zufall, wenn während der nächsten Tage hier tatsächlich ein Fischer vorbeikäme. Die Jungen mußten versuchen, sich selbst zu helfen.

Wie sollten sie jedoch ohne Boot von dieser einsamen Insel wegkommen? Eine halbe Stunde standen sie noch am Ufer. Sie redeten kaum miteinander, sondern blickten nur wie gebannt auf das Meer hinaus. Sie sahen, wie sich ihr Boot weiter und weiter von der Insel entfernte und schließlich ganz aus ihrem Blickfeld entschwand. Dann gingen sie ratlos und niedergeschlagen zu ihrem Zelt zurück.

Immer wieder überlegten sie, was sie jetzt wohl tun könnten, um hier wegzukommen. Sie hatten zwar noch Lebensmittel für fast zwei Tage, aber diese Vorräte wären schnell aufgebraucht. Später würden sie dann Schlingen legen und sich von Möwen ernähren müssen. Auch war es unsicher, ob es auf der Insel überhaupt Trinkwasser gab.

Viel schlimmer allerdings war, daß kein Mensch ahnte, daß sie zu den Inseln gefahren waren. Sicher würden sich die Eltern in Tromsø nach einer Woche besorgt fragen, warum die Jungen noch nicht zurückgekehrt sind. Voller Unruhe würden sie bestimmt bei Frau Anders im Fischerdorf anrufen und von ihr erfahren, daß die Jungen schon vor mehr als einer Woche mit dem Boot nach Tromsø aufgebrochen seien. Sie mußten dann befürchten, daß ihnen unterwegs nach Tromsø ein Unglück zugestoßen sei. Wer sollte auch auf den Gedanken kommen, sie hier zu suchen?

Das war schon eine böse Geschichte, in welche die beiden Jungen hineingeschlittert waren! Niedergeschlagen hockten nun Sven und Jo vor ihrem Zelt. Jeder hing seinen eigenen Gedanken nach. Es waren trübselige Gedanken. Noch nie im Leben hatten sich die Jungen so einsam gefühlt wie jetzt. Je mehr sie aber über ihre schier aussichtslose Situation nachgrübelten, desto mutloser wurden sie. Was sollten sie bloß unternehmen, um von dieser unbewohnten Insel wegzukommen? Gestern erschienen ihnen diese fernen Inseln noch als ein einsames Paradies – heute begannen die Jungen sie zu hassen. Es kam den beiden vor, als ob sich plötzlich alles gegen sie verschworen hätte.

So verging eine volle Stunde, ohne daß irgend etwas geschehen wäre. Die Sonne stieg indessen höher. Da saßen die beiden immer noch mit unglückseligen Mienen vor ihrem Zelt und überlegten verzweifelt. Gab es da keinen Ausweg?

Schließlich stand Jo auf. Er kroch ins Zelt, kramte drinnen eine Weile herum und kam dann mit ihrem verbeulten, verrußten Kaffeekessel nach draußen. Er räusperte sich.

Dann wandte er sich an Sven. „Ich will mal sehen, ob ich irgendwo Wasser finde. Wir müssen ja mal was trinken. Kommst du mit, Wasser zu suchen?" Sven nickte. Er wollte schon mitkommen; es war immer noch besser mitzugehen, als hier tatenlos herumzusitzen. So brachen die Jungen auf, um im Innern der Insel nach Trinkwasser zu suchen.

Kein Boot – und kein Wasser!

Sven und Jo waren noch gar nicht weit gegangen, da gerieten sie schon in ein neues Abenteuer.

Zwischen wuchernden hohen Grasbüscheln versteckt, hockten brütende Silbermöwen. Ahnungslos näherten sich die beiden Jungen den Nestern.

„Kijau, kijau ..."

Die erste Möwe flog zornig auf und lärmte laut. Der Vogel war grau-weiß und hatte einen gelben, raubtierartigen großen Schnabel. Deutlich sahen die Jungen den roten Fleck am gelben Schnabel. Andere Silbermöwen, durch den Lärm alarmiert, schwangen sich ebenfalls aufgebracht in die Luft. Auch solche, die weiter entfernt brüteten und die Jungen gar nicht bemerkten, begannen nun laut und schrill zu kreischen. Der Krach nahm immer mehr zu und wurde schließlich zum ohrenbetäubenden Spektakel.

Das aufgeregte Verhalten der Möwen ließ sich freilich einfach erklären. Die Vögel befanden sich gerade in der Brutzeit und hockten pflichteifrig auf ihren Nestern, um die Eier warm zu halten. Über jede unwillkommene Störung beim Brüten erbosten sie sich maßlos. Einige besonders zornige Silbermöwen schossen plötzlich im Sturzflug aus der Luft nach unten und versuchten mit ihren spitzen, starken Schnäbeln die Köpfe der Jungen zu treffen. Diese Silbermöwen waren gefährlich.

Vergessen war jetzt für Sven und Jo das verschollene Motorboot. Vergessen für den Augenblick war ihre unglückliche Lage, als sie sich nun von einer Schar aufgebrachter Möwen angegriffen sahen. Im Zickzacklauf versuchten Sven und Jo, den streitbaren Silbermöwen zu entkommen. Sie waren heilfroh, als sie den Brutplatz der Vögel endlich hinter sich hatten. Aber den Lärm der wütenden Vögel hörten sie noch eine ganze Weile. Nur langsam beruhigten sich die Silbermöwen und kehrten zu ihren Nestern zurück.

Auf ihrer mühseligen Wassersuche durchstreiften die Jungen in den nächsten Stunden die kleine Insel kreuz und quer. Sie hatten zwar noch keine richtige Quelle mit Trinkwasser entdeckt, aber sie stießen schließlich auf eine Felsmulde, in der sich etwas Regenwasser gesammelt hatte, das für ihren Bedarf zu genügen schien.

Um festzustellen, ob es sich auch als Trinkwasser eigne, bückte sich Jo zur Regenpfütze hinab, schöpfte daraus eine hohle Hand voll Wasser und kostete es.

„Pfui Teufel, was für ein Gesöff! Welch abscheuliches Wasser ist das nur! Brrr ...!" – Jo schüttelte sich vor Ekel und spuckte das Wasser in hohem Bogen wieder aus.

Sven starrte Jo verwundert an. „Schmeckt das Wasser wirklich so schlecht? Es ist doch reines Regenwasser, das sich dort in der Vertiefung gesammelt hat. Außerdem sieht das Wasser klar aus. Ich verstehe das wirklich nicht!"

„Ich verstehe das auch nicht", meinte Jo kopfschüttelnd und fügte nach einer Weile hinzu: „Ich möchte wissen, woher dieser eklige Geschmack kommt. Es ist wirklich seltsam!"

Etwas später konnten die Jungen dieses Rätsel lösen. Als die beiden Freunde eine Pause beim Gehen einlegten und sich hinter einen Felsen lagerten, sahen sie eine Seeschwalbe zur Pfütze fliegen.

Die Seeschwalbe, die sich völlig unbeobachtet fühlte und nichts von den beiden hinter dem Fels ahnte, landete in der Regenwasserpfütze und planschte und spritzte bald ausgelassen im Wasser herum. Schließlich tollte sie wie närrisch, und immer ausgelassener wurde ihr Spiel im Wasser. Das war also die Lösung des Rätsels: Die Seeschwalbe benutzte die Pfütze für ihr tägliches Privatbad – und verschmutzte dabei das Wasser! Nun wunderten Sven und Jo sich gar nicht mehr, warum das Wasser so scheußlich bitter und faulig schmeckte.

„So eine Unverschämtheit", grollte Sven und scheuchte die Seeschwalbe verärgert davon. Aber was half da alles Schimpfen? Wenn die Jungen kein Salzwasser trinken wollten, mußten sie mit diesem übelriechenden Wasser vorliebnehmen. Besseres Wasser gab es wohl auf der ganzen Insel nicht. Mißmutig und schlechter Laune machten sich die Jungen auf den Weg zurück zum Zelt. In ihrem Kaffeekessel trugen sie jetzt statt reinem Quellwasser eine fauligriechende Flüssigkeit.

Als sie bald darauf wieder in die Nähe der streitsüchtigen Silbermöwen kamen, blieb Jo stehen.

„Ich glaube, es ist besser, wenn wir jetzt einen großen Bogen um die brütenden Möwen machen", schlug er vor. „Wir können ja auch an der See zurückgehen. Das wird wohl auch der kürzeste Weg zum Zelt sein."

Sven nickte: „In Ordnung, gehen wir also am Ufer entlang." Sven war in solch gedrückter Stimmung, daß ihm jeder Vorschlag von Jo recht war.

So liefen die beiden also am Strand zurück. Dabei fiel ihr Blick auf viele Gegenstände, die das Meer hier angespült hatte. Was lag da nicht alles am Ufer herum: alte Schiffsplanken, zerbrochene Bootsmasten, Plastikdosen, leere Öltonnen, ausgediente Fischkisten, Flaschen, Kanister, Bretter, Balken und sogar ein zerrissenes Nylonnetz waren von der See an das felsige Ufer geworfen worden. Die Jungen staunten.

Sven hob das Nylonnetz hoch und untersuchte es zusammen mit Jo. Achtlos warfen sie es dann wieder zur Seite: Weder Sven noch Jo ahnten in diesem Augenblick, welche Bedeutung dieses Nylonnetz kurz darauf für ihre Pläne haben wird.

Erst später, als sie schon fast beim Zelt angelangt waren, kam Sven durch das angeschwemmte Netz auf einen ausgefallenen Gedanken.

Mitten im Gehen hielt er abrupt inne.

Jo merkte, daß Sven nicht mehr folgte, und drehte sich besorgt um. Anfangs glaubte er sogar, Sven habe sich den Fuß verstaucht.

„Was ist denn los?" fragte er.

„Gar nichts ist los", sagte Sven und setzte sich auf einen großen Stein, um dort besser nachdenken zu können. Jo schüttelte über Svens sonderbares Verhalten verwundert den Kopf. Was zum Donnerwetter war nur in Sven gefahren? Wollte Sven irgendwann noch einmal weitergehen, oder wollte er ewig auf dem Stein sitzen bleiben?

Da endlich rückte Sven mit einem seltsamen Plan heraus.

„Ich habe eine ganz tolle Idee. Ich habe mir nämlich die ganze Zeit überlegt, wie wir doch noch von dieser vertrackten Insel wegkommen könnten. – Freilich – das Ganze ist nicht ungefährlich!"

Jo schaute seinen Freund forschend an.

„Da bin ich aber gespannt! Erzähl mal!“ forderte er ihn auf.

„Weißt du was, wir bauen einfach ein Floß!“ platzte Sven heraus.

„Ein Floß!“ Jo schlug entsetzt die Hände zusammen. „Aber das ist ja wirklich verrückt! Wie stellst du dir das eigentlich vor? Woher sollen wir denn die Taue zum Zusammenbinden der Balken nehmen!“ rief er aus.

Sven lächelte überlegen.

„Mein Plan ist nicht so verrückt, wie du glaubst! Erinnerst du dich an das angespülte Nylonnetz, das wir dort hinten irgendwo fanden? – Überleg doch, wenn wir die Maschen auftrennen, haben wir so viele

Stricke und Seile, daß wir ein schönes Floß damit bauen können. Und unser Zelt zerschneiden wir und machen ein großes Segel daraus!"

Jo schüttelte zweifelnd den Kopf. Ihm gefiel Svens Idee überhaupt nicht.

„Ich weiß nicht . . .", murmelte er nur.

Ihn, den Lappenjungen, verfolgte das beklemmende Gefühl, daß die Fahrt auf einem selbstgezimmerten Floß sie beide ein weiteres Mal in große Gefahr, ihnen womöglich nur Unglück bringen würde. Und selten haben seine dunklen Vorahnungen ihn getrogen . . . Aber wie sollte er Sven erklären, was es mit seinen Ahnungen auf sich hatte? Sven würde es nicht verstehen und vielleicht nur darüber lachen!

Inzwischen malte Sven die Floßreise in den buntesten Farben aus.

„. . . und stell dir vor, was die Leute im Fischerdorf für erstaunte Augen machen werden, wenn wir statt mit dem alten Motorboot mit dem selbstgebauten Floß und geblähtem Segel in den Fischerhafen einfahren. Ich freue mich schon jetzt auf die verdatterten Gesichter dieser Leute. Mund, Nase und Ohren werden die vor Verwunderung aufsperren!"

Jo hörte Sven nachdenklich zu. Er konnte die Begeisterung seines Freundes nicht teilen. Er fand Svens Plan einfach zu gefährlich. Diese Floßreise mußte in einem schlimmen Abenteuer enden. Aber schließlich war es wohl immer noch besser, ein Floß zu bauen und zu versuchen, von hier wegzukommen, als sich auf dieser Insel von Möwen ernähren zu müssen. Außerdem gab es ja auf der ganzen Insel kein brauchbares Trinkwasser. Er mußte an die übelriechende Brühe denken, die sie im Kaffeekessel mit sich führten.

Vielleicht, versuchte Jo sich einzureden, hat Sven recht. Wahrscheinlich ist seine Idee mit dem Floß doch nicht so schlecht. Er mühte sich redlich, sich mit Svens waghalsigem Plan anzufreunden.

Indes setzten die Jungen den Weg zum Zelt fort. Ihr Kopf war bald voller neuer Pläne.

Svens rettender Einfall

Sven und Jo standen jetzt am Strand und beratschlagten.

„Wir müssen das Floß vor allen Dingen so groß bauen, daß ihm die wildeste See nichts anhaben kann“, forderte Sven.

Damit war Jo überhaupt nicht einverstanden und widersprach: „Laß uns bloß kein so langes und breites Floß bauen. Ich schätze, es wird sich dann schlecht steuern lassen. Länger als sieben oder acht Meter darf es keinesfalls werden!“

„Sieben bis acht Meter! – Unmöglich!“ rief Sven enttäuscht aus. „So ein Floß ist doch viel zu klein. Was meinst du, wie ein Acht-Meter-Floß bei starkem Wellengang hin und her geschaukelt wird. Seekrank werden wir dabei, und schon die erste Welle spült uns gleich von den Floßbalken herunter. Du mußt einsehen, daß das Floß groß werden muß – zwölf Meter, und damit basta!“

Sven vermochte Jo damit nicht zu überzeugen. So redeten die Jungen eine Weile hin und her. Das Gespräch wurde immer heftiger und drohte in einem handfesten Streit zu enden. Endlich einigten sie sich doch. Sie bestimmten, daß das geplante Floß neun bis zehn Meter lang werden sollte. Nur hatte Sven beim Pläneschmieden kaum bedacht, welch harte Arbeit das Floßbauen ist.

Mancher Balken, den sie für das Floß benötigten, lag weit entfernt. Die See hatte die Balken hoch auf die Klippen gespült. Sven und Jo mußten sie eine weite Strecke hinunter zum Sandstrand schleppen. Oh – wie sie bei dieser Arbeit keuchten und schwitzten! Ohne Zweifel war der Sandstrand der beste Bauplatz für das Floß; dort mußten alle Balken hin.

Einigen der Vögel, die überall am Ufer auf den Klippen hockten, mußte das viele Herumlaufen der Jungen wohl zu ruhestörend geworden sein. Sie flogen davon, um sich woanders einen neuen Felsen zu suchen. Dort hatten sie Ruhe vor den lästigen Störenfrieden.

Die Jungen beachteten die Vögel weiter nicht. Sven und Jo gönnten sich bei ihrer Arbeit keine Minute Pause. Unermüdlich bauten sie an ihrem Floß. Nur hin und wieder blickte der eine oder andere einmal hinaus aufs Meer. Insgeheim hofften die beiden, daß vielleicht doch ein Fischkutter in der Nähe der Insel vorbeiführe, der sie entdeckte und mitnähme ...

Die erste Arbeit für den Zusammenbau des Floßes bestand im Auftrennen des Nylonnetzes. So bekamen sie genügend Stricke und Seile, die sie zum Zusammenbinden der einzelnen Balken brauchten. Dazu legten sie die Balken nebeneinander und zogen sie mit Stricken fest und banden sie dann mit Querbalken zusammen. Sven und Jo merkten in ihrem Arbeitseifer nicht, wie schnell die Zeit verstrich. Als es Abend wurde, näherte sich das Floß seiner Vollendung. Es erhielt sogar einen Mastbaum für ein Segel und natürlich auch ein Steuerruder am Heck. Die Steuervorrichtung bestand aus einem riesengroßen Brett, welches die Jungen hinten fest zwischen zwei Balken klemmten und zur Sicherheit festzurrten.

Nach den letzten Arbeiten setzten sich Sven und Jo erschöpft neben das Floß in den Sand. Stolz betrachteten sie ihr selbstgebautes Fahrzeug. Sie waren sehr zufrieden mit ihrem Floß und fanden, daß es recht seetüchtig aussah. Aber das würde es erst einmal beweisen müssen.

„Was habe ich nur für einen schrecklichen Hunger bekommen", klagte Sven.

„Und mein Durst ist fast nicht zum Aushalten", stöhnte Jo.

Die Jungen merkten erst jetzt, daß sie in ihrem Arbeitseifer Hunger und Durst vergessen hatten. Ihr Magen knurrte nun laut und vernehmbar. Aber ihr ganzer Lebensmittelvorrat bestand aus einem einzigen

Brot, und ihr Trinkwasser im Kaffeekessel roch nicht gerade verheißungsvoll.

„Was sollen wir nur mit dem Trinkwasser anstellen?“ – Sven steckte seine Nase mißtrauisch in den Kaffeekessel: Fäulnisgeruch schlug ihm entgegen. „Pfui Teufel, wie das riecht! Das Wasser müssen wir auf jeden Fall abkochen. Sicherlich wimmelt es da drinnen von Bakterien“, stellte er fest.

Jo begann inzwischen Holz aufzuschichten und Feuer zu machen. Im Feuermachen war Jo Fachmann. Bald züngelten Flammen hoch, und er schob den Kaffeekessel hinein.

Sven wartete gar nicht erst, bis der Kaffee kochte. Er wollte die Zeit anders nutzen und machte sich auf den Weg ins Gebiet der streitbaren Silbermöwen. Was hatte Sven dort vor? Genügte es ihm nicht, daß ihn die Möwen an diesem Morgen aus der Luft angegriffen und ihm beinahe mit den gelben spitzen Schnäbeln am Kopf verletzt hatten?

Kaum hatten ihn die Silbermöwen wahrgenommen, da stürzten sie sich schon voll Zorn im Sturzflug aus der Luft auf den Jungen. Doch Sven hatte etwas von der ersten Möwenbegegnung gelernt. Er hatte sich einen Stock mitgebracht, den er über sich hin und her schwang. Dadurch lenkte er die Möwen geschickt ab. Sie hackten nun nicht mehr nach seinem Kopf, sondern nach der Stockspitze. So drang Sven unangefochten in das Brutgebiet der aufgebrachten Vögel ein, und sofort begann er mit seiner Arbeit. Flink lief er von Nest zu Nest und sammelte so viele Möweneier ein, wie in seiner Pudelmütze Platz hatten. Er mußte sehr vorsichtig mit den Eiern umgehen, damit sie nicht zerbrachen; schließlich waren sie als Abendessen vorgesehen. Die Pudelmütze bis oben voll mit Möweneiern, machte er sich schleunigst auf den Rückweg.

Das wütende Gekreische der Silbermöwen dröhnte ihm noch eine ganze Weile in den Ohren. Zum Lagerplatz zurückgekehrt, sah er dort bereits den heißen Kaffee im Kessel dampfen. Das erfüllte ihn mit Freude, und er verspürte jetzt seinen Durst doppelt. Aber der Kaffee aus dem verschmutzten Wasser schmeckte noch abscheulicher, als wenn er es so getrunken hätte. Doch was nutzte alles Schimpfen über diesen ungenießbaren Kaffee – die Jungen hatten Durst und würgten die Brühe tapfer hinunter. Dann kochten sie die frischen Möweneier, aßen sie mit entschieden größerem Vergnügen und krochen anschließend gesättigt in ihre Schlafsäcke.

Vorher blickten Sven und Jo noch einmal prüfend zum Himmel. Keine einzige Wolke war zu sehen, und das beruhigte sie sehr, da sie diese Nacht nicht im Zelt, sondern unter freiem Himmel verbringen wollten. Das Zelt hatten sie ja zerschneiden müssen, um es am nächsten Tag als Segel für ihr Floß verwenden zu können.

Ein seltsamer Traum . . .

Als am anderen Morgen die Sonne aufging, kitzelten ihre Strahlen Sven in der Nase.

Es war vier Uhr in der Frühe.

Svens Blick wanderte zu Jo. Aber von dem sah er nur wenig. Eingerollt lag er im Schlafsack und schlief noch tief und fest. Dann blickte er hinunter zum Strand. Dort lag ihr fertiges Floß. Es wartete nur darauf, daß sie es ins Wasser bringen würden, die Segel setzen und die unwirtliche Insel verlassen könnten. Stolz auf ihr selbstgebautes Floß ergriff Sven.

Sicher ist es genauso seetüchtig wie das verschwundene Rettungsboot, dachte er bei sich. Am liebsten wäre Sven jetzt aufgestanden, um Jo zu wecken und dann sofort mit dem Floß zu starten. Aber er mochte Jo nicht aus dem Schlaf reißen. So versuchte Sven, wieder einzuschlafen. Aber er war so aufgewühlt, daß er im Halbschlummer zu träumen begann.

Er sah plötzlich ihr Floß vor sich, wie es sich bereits durch die Wellenberge des Nordatlantiks pflügte. Er stellte sich eine starke Brise vor, die in das Segel fuhr und es schließlich zum Zerreißen blähte.

Nun schlief Sven endgültig ein und begann vom Floßfahren zu träumen. Es war ein sehr seltsamer Traum. Er sah sich das Floß steuern. Mit seinen kräftigen Händen umfaßte er das Steuerruder und hielt es so fest, daß es ihm nicht entgleiten konnte. Jo sah er weiter vorn regungslos am Mast lehnen. Der kalte Wind pfiff ihnen beiden um die Ohren. Wolkenfetzen jagten über den Himmel. Sven versuchte nachzudenken, wohin diese seltsame Reise eigentlich führte. Wohin er auch blickte, überall türmten sich gefährliche Wellenberge auf, die das Floß jedoch unbeschadet und wie ein Pfeil durchschnitt. Ihr Floß fuhr nun immer schneller. In atemberaubender Geschwindigkeit jagte es über das endlose Meer. Von den Røst-Inseln war längst nichts mehr zu sehen. Und nirgends entdeckte er Land.

Da sah er in der Ferne einen kleinen Punkt auftauchen. Sven beobachtete den Punkt und sah ihn allmählich größer werden. Aus dem Punkt wurde schließlich ein Schiff. Sie hatten es bald eingeholt. Hatte er das Schiff nicht schon einmal gesehen? War es nicht die „Polarbjörn“? Tatsächlich, es war das Schiff seines Vaters! Auch seine vertraute Gestalt

erkannte er jetzt. Ole Berg stand an der Reling. Er blickte abwesend über die weite See und drehte Sven seinen breiten Rücken zu. Erst als das Floß in die Höhe der „Polarbjörn“ kam, drehte sich der Vater einmal zufällig um. Überrascht erkannte er Sven und Jo auf dem Floß. Freudig und aufgeregt winkte er herüber. Dann formte er seine Hände zu einem Sprachrohr. Er rief etwas herüber. Aber das Rauschen der Gischt und das laute Fauchen und Pfeifen des Windes übertönten seine Worte; Sven verstand sie nicht.

Nun war das Floß auf gleicher Höhe wie die „Polarbjörn“. Nur wenige Meter trennten die beiden Fahrzeuge voneinander. Ganz nah sah er jetzt das Gesicht des Vaters. Aufgeregt ruderte er mit seinen Händen in der Luft herum. Das bedeutete sicher, daß sie ihm mit dem Floß nicht davonfahren sollten. Aber wie sollten Sven und Jo bloß das dahinjagende Floß stoppen und an der „Polarbjörn“ festmachen? Sven hob bedauernd die Arme hoch, um seinem Vater zu zeigen, daß das unmöglich war. Vorbei an der „Polarbjörn“ schoß das Floß mit geisterhafter Geschwindigkeit durch die aufgewühlte See. Als Sven jetzt rückwärts blickte, um nach dem Vater Ausschau zu halten, sah er gerade noch, wie dieser ins Ruderhaus lief. Sicherlich wollte er jetzt dem Maschinisten Bescheid geben, er solle die „Polarbjörn“ schleunigst mit voller Kraft laufen lassen, um sie wieder einzuholen. Aber das nützte nichts. Das schnelle Floß eilte der „Polarbjörn“ trotzdem davon.

Bald sah Sven das Schiff langsam am Horizont verschwinden, und die wilde Floßfahrt ging weiter. Sven vermochte nicht zu sagen, wie lange diese Fahrt währte. Dauerte sie erst eine Stunde oder schon einen ganzen Tag? Die Zeit verrann.

Plötzlich hörte Sven über sich einen lauten Knall, der ihn zusammenfahren ließ. Erschrocken blickte er nach oben zum Mast. Da sah er das Segel in losen Fetzen flattern – es war gerissen. Das war sehr schlimm, denn dadurch verlor das Floß nun rasch seine ungeheuerliche Geschwindigkeit, und bald trieb es nur noch mit der Strömung. Gewaltige Wellenberge hoben das Floß in die Höhe, um es dann in abgrundtiefe Wellentäler hinuntersausen zu lassen. Der erste Brecher schüttete bereits Gischt, Schaum und Wasser über die zusammengebundenen Floßbalken. Mit aller Kraft klammerte sich Sven am Steuerruder fest. Mit Entsetzen erkannte er, daß das Floß nun vollends den Gewalten der aufgewühlten See ausgeliefert war. Gab es keine Hilfe? Wo blieb nur der Vater mit der „Polarbjörn"? Wo überhaupt war Jo? War dies das Ende? Würde er mit dem Floß untergehen? –

Natürlich war dies nicht Svens Ende, es war lediglich das Ende eines sehr aufregenden und sehr seltsamen Traumes.

Sven erwachte. Die Sonne blendete ihn. Er rieb sich verschlafen die Augen. Wo befand er sich eigentlich? Er brauchte einige Minuten, um sich zu besinnen. Er fühlte die angenehme Wärme im Schlafsack, aber er spürte dann auch die unbequeme Härte des Erdbodens. Nun wurde ihm wieder bewußt, daß er ja draußen unter freiem Himmel schlief. Neben sich sah er Jo gerade aus dem Schlafsack kriechen.

Verwundert blickte ihm dieser nun ins Gesicht. Jo hatte nämlich Sven im Schlaf einige Male laut rufen hören und war davon wach geworden. Besorgt musterte er Sven. Was war nur mit seinem Freund?

„Sag mal, was ist denn eigentlich mit dir los?" fragte er ihn.

„Ach, was soll schon los sein“, murmelte Sven und schüttelte verlegen den Kopf. Entschuldigend fügte er hinzu: „Weißt du, ich habe eben schlecht geträumt! Aber sag mal, wie spät ist es eigentlich?“

Jo blickte auf die Armbanduhr. Es war sieben Uhr in der Frühe, gerade die rechte Zeit zum Aufstehen. Sven schlüpfte behende aus dem Schlafsack und reckte seine Glieder. Es war kühl, und er fröstelte ein bißchen. Nach einer Weile blickte er aufmerksam in alle Himmelsrichtungen, um das Wetter zu prüfen, denn gutes Wetter war für ihr Vorhaben sehr wichtig. Eine leichte Brise wehte vom Meer her. Sie kam aus Südwest. Mit diesem Wind im Rücken würden sie heute bestimmt mit ihrem besegelten Floß eine große Strecke in Richtung des Fischerdorfes zurücklegen können.

Am besten war es, gleich mit dem Floß zu starten. Er sprach mit Jo darüber, und der war einverstanden damit. So packten die Jungen rasch ihre Schlafsäcke zusammen und gingen hinunter zum Strand.

Das Ende einer Floßfahrt

Das Meer erschien Sven und Jo heute morgen besonders friedlich. In der kleinen Bucht plätscherten die Wellen leise gegen den Sandstrand. Doch vermuteten die Jungen, daß draußen auf offener See die Wellen sicher größer seien.

Um das herauszufinden, ging Jo noch einmal zurück und kletterte an einem größeren Felsen ein Stück nach oben. Angestrengt blickte er gegen das Sonnenlicht. Das Meer glitzerte. Überall sah er Inseln. Zwischen den Inseln war das Meer sehr ruhig. Hingegen sah er weiter draußen im offenen Wasser Dünung. Mit leichtem Seegang hatten die Jungen ja ohnehin gerechnet, denn ruhige See ohne Wellengang gibt es vor der norwegischen Küste nur selten. Jo hatte genug gesehen und kletterte wieder nach unten.

„Nun – was Besonderes erblickt?“ fragte Sven. Jo schüttelte den Kopf. „Alles okay. Wir können losfahren!“ Jetzt kam der große Augenblick!

Beide Jungen waren gespannt, wie sich ihr Floß jetzt in den Wellen verhalten würde. Sie hatten ja keinerlei Erfahrungen mit dem Floßbau und hatten sich die ganze Konstruktion erst ausdenken müssen. Wenn bloß die Nylonschnüre hielten! Sonst würden sich die Balken lösen und einzeln davonschwimmen. Die Jungen wagten an ein solches Unglück gar nicht zu denken.

Langsam stakten Sven und Jo das Floß aus der geschützten Bucht hinaus in das offene Fahrwasser.

„Fahrt ahoi!" rief Sven laut.

Es sollte übermütig und voller Zuversicht klingen. Aber Jo hörte es doch, wie heiser und erregt Svens Stimme war. Jo selbst hörte sein Herz vor Erregung laut klopfen. Kaum hatten die Jungen die Bucht verlassen, erreichte schon die erste kleine Welle das Floß. Sie hob es sachte nach oben und senkte es allmählich wieder in das nächste Wellental hinunter. Jo hielt die Luft an und klammerte sich schnell am Mast fest. Das Schwanken und Schaukeln war ihm einfach unheimlich; außerdem verspürte er einen heftigen Druck im Magen. Richtig übel wurde ihm. Als dann eine große Welle heranrollte und das Floß höher emporhob, schloß Jo verzweifelt die Augen. Schon meinte er, es sei ihr Ende. Aber dem stabilen Floß konnte die Atlantikdünung nichts anhaben. Aus dem tiefen Wellental wurde es von der nächsten Woge wieder nach oben getragen. Und so tanzten auch die felsigen Ufer und Klippen ununterbrochen vor seinen Augen auf und nieder.

Der arme Jo war einfach nicht so vertraut mit der See wie Sven, dem der Seegang überhaupt nichts ausmachte. Sven war ja mit seinem Vater schon oft auf See gewesen.

Wie im Fluge verging die erste Viertelstunde auf dem Floß. Ganz allmählich gewöhnte sich Jo an das schwankende Fahrzeug. Bald gab es aber eine neue Aufregung.

„Kraack ...“ – Lautes Knarren der Floßhölzer ließ Jo erschreckt zusammenfahren. Er fühlte plötzlich, wie sich zwei Balken unter seinen Füßen bewegten. Er ahnte schon ein furchtbares Unglück. Blut schoß ihm vor Erregung in das Gesicht, und sein Atem stockte fast. Wie gehetzt wanderten seine Blicke über die Nylonstricke und über die vielen Verknotungen. Er konnte jedoch keinen Knoten ausmachen, der sich gelöst hatte; es waren lediglich zwei Balken, die sich an ihren äußeren Kanten rieben.

Das war nicht weiter schlimm. Erleichtert atmete er auf und beruhigte sich: Sollen doch die Balken knarren, soviel sie nur wollen! Die Hauptsache ist, daß unser Floß hält.

Sven hatte diesen Zwischenfall überhaupt nicht bemerkt. Ohne jede Furcht bewegte er sich auf den nassen Balken. Er hatte keine Angst, auszurutschen und ins Meer zu fallen.

Als er Jos ängstliche Miene sah, meinte er zu ihm: „Du brauchst dich doch nicht immer am Mast festzuhalten. Du fällst bestimmt nicht ins Wasser. Du mußt dich nur an den Seegang gewöhnen. Am besten hilfst du mir gleich mal beim Segelsetzen. Die kleine Brise von achtern müssen wir nutzen!"

Sven breitete jetzt die zerschnittenen Zeltplanen auseinander.

„Pack das andere Ende und bind es fest!" rief er Jo zu.

Jo ließ vorsichtig den Mast los. Er merkte, daß er inzwischen ganz gut auf dem schwankenden Floß laufen konnte. Er begann nun, den unteren Teil der Plane an einem Balken festzubinden; ebenso wurde am oberen Teil der Plane ein Balken befestigt. Der obere Balken sollte dann am Mast bis zur Spitze hochgezogen werden, während der andere das Segel nach unten beschweren sollte. Rahen heißen diese Querbalken am Segel.

„Hau ruck! Hau ruck!" rief Sven.

Mit anfeuernden Rufen zogen die beiden gemeinsam das Segel hoch. Sofort fiel eine Brise in den derben Leinstoff ein und blähte ihn auf. Laut knatterte das Segel im Wind. Das war ein neues Geräusch für die Jungen. Es gesellte sich jetzt zum steten Rauschen des Meeres. Allmählich bekam das große, behäbige Floß durch das Segel ein bißchen Fahrt. Viel war es nicht, doch brachte es das Fahrzeug ein wenig schneller voran, als wenn die Jungen zu rudern versucht hätten.

Wie ein alter erfahrener Seemann stand Sven jetzt am Steuerruder: mit dem Blick nach vorn, breitbeinig und die Hand am blanken Holz. Unentwegt wanderten seine Blicke über das Wasser. Er versuchte die heimtückischen Unterwasserklippen rechtzeitig zu erkennen, um das schwer lenkbare Floß daran vorbeizusteuern.

Allmählich fand auch Jo Spaß an dieser abenteuerlichen Floßfahrt. Eine alte Fischkiste, die er vom Strand mitgenommen hatte, band er am Mastbaum fest. Da saß er und beobachtete mit großem Vergnügen die vielen seltsamen Vögel auf der See. Er wunderte sich, daß die Vögel vor dem vorbeiziehenden Floß überhaupt keine Scheu zeigten.

Als sie vor drei Tagen mit dem Motorboot an ihnen vorbeigetuckert waren, war das anders gewesen. Da waren die Alken und die anderen Wasservögel vor dem lärmenden Motorboot sofort geflüchtet. Heute hingegen ließen die Alken das Floß bis auf wenige Meter herankommen. Jo sah, wie eine schwarz-weiße Trottellumme ahnungslos mit einem erbeuteten Fischlein im Schnabel vor dem Floß herschwamm. Der Vogel hatte das nahende Fahrzeug noch gar nicht bemerkt. Erst als es so dicht am Tier war, daß die Trottellumme beinahe angefahren wurde, ließ sie den kleinen Fisch erschrocken ins Wasser plumpsen und

wollte schleunigst wegfliegen. Wie wild schlug sie mit den kurzen Stummelflügeln, bekam aber keine Luft unter sie, um sich abheben zu können. Da blieb dem Vogel weiter nichts übrig, als wegzutauchen.

Jo mußte über das putzige Benehmen des Vogels herzhaft lachen. Er drehte sich zu Sven um.

„Hast du eben diesen komischen Vogel gesehen. Das war doch urkomisch!" rief er.

Aber Sven hatte die flüchtende Trottellumme nicht beobachten können, denn er hatte inzwischen ganz andere Sorgen.

Jo sah Svens ernstes Gesicht. Er sah, wie seine Finger nervös durch die strähnigen, salzverkrusteten Haare fuhren.

„Du blickst so ernst, Sven! Stimmt etwas nicht?"

Da gestand ihm Sven, wie er seit einiger Zeit schon bemerkte, daß das Floß immer mehr aus dem Kurs kam und in eine falsche Richtung trieb.

„Das finde ich aber sehr merkwürdig", meinte Jo. „Als wir vor drei Tagen mit unserem Motorboot dieselbe Strecke befuhren, haben wir von starken Strömungen doch gar nicht so viel bemerkt."

Jo machte einen Vorschlag. „Weißt du was, Sven? Ich klettere den Mast ein Stück hoch und setze mich auf die untere Rahe. Von dort oben sehe ich sicher mehr als du hinter dem Steuer."

Sven nickte zustimmend. Jos Idee war gar nicht so schlecht.

Geschickt kletterte Jo nun am Mast hoch und setzte sich auf den dicken Querbalken. Mit beiden Händen hielt er sich am Mast und an dem flatternden Segel fest. Er mußte jetzt freilich sehr wachsam sein, um nicht das Gleichgewicht zu verlieren und hinunterzufallen.

Die Mühe lohnte sich: Aus dieser Höhe konnte Jo nun schon von weitem die gefährlichen Unterwasserklippen ausmachen und Sven warnen.

Jo harrte etwa schon eine Stunde dort oben aus. Vom Sitzen waren seine Glieder steif geworden. In der Ferne erblickte er die steilen Felswände einer Insel. Genau darauf trieb das Floß zu. Beim Näherkommen erkannte er, wie gefährlich diese Felsen für das Floß werden konnten. Tosende Brandungswellen rollten dort aus allen Richtungen heran. Mit Schaudern beobachtete er, wie sie in kurzen Abständen auf die Felswände trafen. Die Gischt wurde dann jedes Mal mehrere Meter hoch in die Luft geschleudert.

Warnend rief Jo hinab: „Sieh dich vor, Sven! Ich glaube, wir treiben auf eine Felsinsel zu. Das kann gefährlich werden!"

Sven überhörte Jos Warnung nicht. Auch er sah die steilen Felswände. Er blickte zu Jo hoch, dessen Kopf er nicht sehen konnte, da er durch das Segel verdeckt war. „Zum Donnerwetter!" brüllte er nach oben. „Was soll ich denn tun? Wir können nicht umkehren. Wir kommen hier einfach nicht mehr aus der Strömung heraus. Wir können nur hoffen, daß wir an den verflixten Felsen vorbeitreiben!"

Aber Jo hörte Svens Worte nicht. Sie gingen im immer lauter werdenden Brandungsgeräusch unter.

Für Jo wurde es auf seinem Beobachtungsposten langsam gefährlich. Das Floß tanzte auf den Wellen, und der Mast schlug immer stärker nach links und rechts aus.

Schreckensbleich klammerte sich Jo an der schwankenden Rahe fest. Mit Entsetzen sah er, wie das Floß mit wachsender Geschwindigkeit in der gefährlichen Strömung direkt auf den Felsen zujagte. Ein Unheil schien unabwendbar zu sein, wenn nicht bald ein unverhofftes Wunder geschah.

Da wurde das Floß bereits von einer ersten Brandungswelle gepackt. Die Balken ächzten und stöhnten. Ein Zittern ging durch das flache Fahrzeug. Es wurde auf einen Wellenkamm geschoben, und der vordere Teil des Floßes hing frei in der Luft. Schon meinten die Jungen, das Floß würde umkippen oder auseinanderbrechen. Da sauste es mit enormer Fahrt in ein abgrundtiefes Wellental hinab.

Jo konnte sich jetzt nicht mehr auf seiner Rahe halten – er verlor das Gleichgewicht. Er plumpste zwei Meter tief auf die Floßbalken. Wassermassen überschütteten zur gleichen Zeit das Floß und hätten den armen Jo fast ins Meer gespült.

Blitzschnell wurde dem Lappenjungen klar, in welcher Lebensgefahr er sich befand. Er hielt sich mit aller Kraft an den Balken fest. So gelang es ihm, wenigstens auf dem Floß zu bleiben. Durchnäßt kroch er auf Händen und Füßen zum Mastbaum. Dort hing glücklicherweise ein langes Tauende von oben herab. Das wickelte sich Jo in Windeseile einige Male um das Handgelenk. Jetzt würde ihn jedenfalls nicht gleich die nächste Brandungswelle vom Floß tragen können.

Unterdessen versuchte Sven noch immer verzweifelt, das Floß an den gefährlichen Felsen vorbeizusteuern. Mit aller verfügbaren Kraft warf er sich gegen das Steuerruder. Umsonst! – Das Floß ließ sich einfach nicht mehr lenken.

Sven riß entsetzt die Augen auf. Er sah, wie sich das Floß immer schneller drehte: einmal, zweimal, dreimal ...

Sie mußten in einen Wasserwirbel geraten sein. Klippen, Felsvorsprünge und steile Felshänge sah er an sich vorbeirasen. Währenddessen überschütteten immer neue Wassermassen das Floß. Was sollte Sven gegen solche Naturkräfte ausrichten können?

Er hielt sich nur noch am Steuerruder fest. Salzwasser lief in Strömen von oben in den Hemdkragen, in den Gummistiefeln stand es, und es brannte scharf in seinen Augen. Sven sah nichts mehr. Er schluckte Salzwasser, er hustete, er spuckte es aus.

Gleich wird alles zu Ende sein; dann wird das Floß gegen die Felsen geschleudert und bricht auseinander! – war sein einziger Gedanke. Aber Sven wollte nicht sterben. Er klammerte sich am Steuerruder fest. Minuten vergingen. Vielleicht waren es auch nur Sekunden. So genau wußte Sven das später nicht mehr zu sagen.

Als er seine Augen wieder öffnete, war mit einem Male der ganze Spuk vorbei. Das Floß schaukelte wieder in ruhigem Fahrwasser. Sven rieb sich das brennende Salzwasser aus den Augen. Er glaubte zu träumen.

Ich lebe wirklich noch, staunte er. Die Strömung muß uns also durch die gefährliche Brandung um das Felskap dieser Insel herumgetragen haben. – Aber wo um alles in der Welt war Jo?

Er blickte suchend auf dem Floß herum. Da sah er ihn regungslos auf den Balken liegen.

„Um Himmels willen! Jo ...!" rief er erschrocken. Wie tot lag er dort.

„Jo, Jo!" schrie er. Dann taumelte Sven quer über das Floß zum Mast hin und kniete neben seinem Freund nieder.

Jo lag auf dem Bauch. Er rührte und bewegte sich nicht. Als Sven ihn behutsam auf den Rücken drehen wollte, sah er das Tauende, das sich Jo um das Handgelenk gewickelt hatte.

Es war jenes Tau, das am Mast festgebunden war. Es hatte dem besinnungslosen Jo das Leben gerettet, denn sonst hätten ihn die Brandungswellen bestimmt ins Meer getragen.

Aber das Tau hatte Jo auch das Blut in der Hand abgeschnürt. Die gesamte rechte Hand sah blau aus. Rasch löste Sven das Tau.

Inzwischen erwachte Jo auch aus seiner Bewußtlosigkeit.

„Brrr ..." – Ein kleiner Wasserstrahl schoß aus seinem Mund. Jo hatte zuviel Salzwasser geschluckt. Ihm war übel davon, und im Gesicht sah er käseweiß aus.

„Wo sind wir eigentlich?" stöhnte er leise. Sven war froh, Jo sprechen zu hören.

„Ich weiß es selbst nicht mehr!" antwortete Sven. Dann schwiegen beide.

Erschöpft saßen sie nebeneinander. Sie froren, obwohl die Sonne schien und es nicht kalt war. Aber Sven und Jo hatten ja kein einziges trockenes Kleidungsstück auf dem Körper.

Es würde sicherlich Stunden dauern, bis ihre Kleidung an der frischen Luft trocknen würde. Sie fühlten sich beide todmüde, und trotz der nassen Kleidung schliefen sie bald ein.

Der Schlaf der beiden war tief und lang. Stunden vergingen. Währenddessen trieb ihr Floß führerlos zwischen den Inseln hindurch. Erst als es Abend wurde und die Kälte durch ihre feuchten Kleidungsstücke drang, wachten Sven und Jo auf.

„Wo sind wir denn jetzt mit dem Floß hingetrieben worden! Schau dir einmal diese drei großen Felsen auf der Insel an“, sagte Sven zu Jo und deutete verwundert zum Ufer. Ihr Floß trieb jetzt, wie sie später erfahren sollten, dicht an der Vogelinsel Trenyken vorbei.

Auf dieser Insel gibt es tatsächlich drei hohe Felsberge, die wie drei riesige umgestülpte Fingerhüte aussehen. Dort brüten in jedem Frühjahr Millionen von Alken, und zu Tausenden schwirrten und flogen sie nun auch über dem Floß dahin. Sven und Jo starrten verwundert zu dieser seltsamen Vogelinsel hinüber. Was sie dort drüben am Ufer sahen, waren Felsen, Steine, Gras und unzählige Vögel.

Während die Aufmerksamkeit der Jungen ganz und gar auf die Insel gerichtet war, nahte schon das nächste Unheil.

Vor der Insel ragten Klippen aus dem Wasser, auf die Sven und Jo nicht geachtet hatten.

Plötzlich gab es einen mächtigen Ruck, und das Floß saß auf einem Felsen fest. Beinahe hätte der gewaltige Stoß die Jungen ins Wasser taumeln lassen. Vorn ragte das Floß schräg in die Luft, in der Mitte saß es auf dem Felsen auf und hinten wurde es tief unter Wasser gedrückt.

„Peng!" – Der erste Strick riß und kurz darauf ebenso die nächsten. Schließlich löste sich der erste Balken aus dem Floß, bald ein zweiter, und ein dritter und vierter folgten. Die Strömung trug sie davon. –

Entsetzt mußten Sven und Jo sehen, wie ihr Floß auseinanderbrach.

Was sollten sie in dieser verzweifelten Lage tun?

Der Vogelprofessor

Der Fischkutter schlingerte langsam durch die Dünung. Das kleine Ruderboot, das Fischer Kersten achtern angebunden hatte, riß unruhig an der Leine.

„Tuck, tuck, tuck ..."

Gleichmäßig lief der Dieselmotor. Runde Rauchkringel entstiegen dem kleinen Schornstein. Der alte Kersten stand hinter dem Ruder im geschützten

Steuerhaus und beobachtete mit wachen Blicken das Fahrwasser vor sich.

Kersten ist Fischer in Røst, dem Fischerhafen, von dem Sven und Jo zu ihrer abenteuerlichen Fahrt gestartet waren. Er kennt sich besser als die anderen in diesem Inselgewirr aus. Doch weil er die Inseln so gut kennt, weiß er auch um die verborgenen Gefahren der Strömungen, der versteckten Klippen und der gefährlichen Meerengen. Viele Male im Jahr kreuzt er mit seinem Kutter zwischen den Inseln. Zwei dieser kleinen Inseln sind sogar sein Eigentum, auf denen er jeden Sommer einige Schafe hält. Am liebsten weilt er im Mai und Juni auf den Inseln und sammelt Möweneier. Eigentlich ist das ja verboten. Doch wer will in solch entlegenen Gegenden schon die Fischer kontrollieren?

Heute hatte Kersten einen besonderen Auftrag, der ihn in diese gefährlichen Fahrwasser führte.

Ein Professor aus Oslo und seine Begleiterin hatten ihn gebeten, sie mit ihrem Gepäck auf der Vogelinsel Trenyken abzusetzen.

Ein wirklich seltsames Paar, dachte der Fischer, als er die beiden vorn am Bug stehen sah: Der Mann will das Leben der Vögel auf Trenyken beobachten und ein dickes Buch darüber schreiben. Was kann man denn schon über Alken und Möwen schreiben? Diese Vögel tun doch jedes Jahr das gleiche – sie legen Eier, brüten sie aus und ziehen die Jungen groß. Wenn dann die Herbststürme kommen, verlassen alle Vögel die Insel und wandern südwärts.

Fischer Kersten fand, daß der Professor mit seinen Vogelbeobachtungen nur unnütz seine Zeit vergeudete. Noch viel mehr wunderte er sich über das feine Fräulein aus Oslo: Fotografin soll sie sein, und sie soll die Vögel für den Professor fotografieren. Ich bin gespannt, wie lange es das Stadtfräulein auf der unwirtlichen Insel aushält!

Kersten kicherte verschmitzt vor sich hin. Er dachte an die anderen Fremden, die er in früheren Jahren schon auf Vogelinseln abgesetzt hatte. Einige waren Vogelforscher wie der Professor gewesen; die meisten waren Touristen und wollten nur fotografieren. Jedesmal waren diese Fremden heilfroh, wenn er sie nach ein paar Tagen wieder von der Insel abgeholt hatte. So würde es sicher auch dem Stadtfräulein ergehen.

Kerstens Blicke wanderten über ihre Kleidung. Die hellblaue Strandhose und den weißen Pullover fand er sehr unpraktisch. Bald würden diese Kleidungsstücke schmutzig und unansehnlich sein. Am meisten wunderte er sich darüber, daß sie ihre Lippen knallrot und die Augenbrauen schwarz geschminkt hatte. Die Frauen in Røst tun so etwas ganz selten, und für Kersten war es ein sehr ungewohnter Anblick.

Deutlich hörte er, wie sie jetzt zum Professor sagte: „Sie haben mir in Oslo nicht zuviel versprochen, Herr Professor! Diese Inseln vor uns sind tatsächlich so bizarr und wild, wie Sie sie mir damals schilderten. Besonders die Insel mit den drei großen Felsbergen läßt sich bestimmt gut fotografieren. Ich finde sie außerordentlich attraktiv!“

Fischer Kersten im Ruderhaus konnte einen Lachanfall kaum unterdrücken. „Attraktiv“ hatte sie die Insel Trenyken genannt! Wie redete dieses Fräulein doch seltsam daher. Dann hörte er Asmussen antworten. „Meine Liebe“, begann er seinen kleinen Vortrag, während auf seinem Gesicht ein verstecktes Lächeln spielte: „Ihre sogenannte ‚attraktive‘ Insel heißt Trenyken, und die drei Felsberge, die wie große Hökker aussehen, sind immerhin dreihundert Meter hoch. In diesen drei Felsbergen werden wir in den nächsten Wochen viel herumklettern, um die Nester der Vögel zu finden. Ich hoffe, Sie werden mir ein paar gute Fotos für mein Vogelbuch liefern!“

Das Fräulein aus Oslo klopfte selbstsicher auf eine große Ledertasche. „Ich habe die beste Fotoausrüstung, die man sich denken kann. Sie werden von meinen Bildern bestimmt begeistert sein!“

Der Professor hörte kaum noch hin. – Mit seinen Gedanken war er schon auf der Insel Trenyken. Er schirmte mit der Hand die Augen gegen das blendende, gleißende Licht der Sonne ab und versuchte Einzelheiten der Insel auszumachen. Die große Vogelinsel Trenyken mit den drei großen Felsbergen gefiel ihm sehr.

Als er jetzt in der Ferne große Scharen von Seevögeln um die Felsen schwirren sah, dachte er an die viele Arbeit in diesem Sommer. Er sollte Eier messen, Möwen beringen und die Vögel bei der Brut beobachten. Solche mühsamen Untersuchungen hatte Asmussen schon bei früheren Expeditionen durchgeführt; das war nicht neu für ihn. Doch in diesem Jahr hatte ihm das norwegische Wissenschaftsministerium eine besondere Aufgabe zugeteilt: Da in Südnorwegen der Bestand einiger Seevogelarten stark zurückgeht, sollte Professor Asmussen herausfinden, ob das auch für die Røst-Inseln zutrifft.

Für eine solch große Aufgabe brauchte ich Helfer, dachte der Gelehrte bei sich. Ob Fräulein Astrid, die Fotografin, eine echte Hilfe für ihn sein würde, bezweifelte er. Asmussen blickte nachdenklich und beobachtete seine Begleiterin noch einmal von der Seite. Die geschminkten Lippen, die nachgezogenen Augenbrauen und diese hellblaue Hose! Er zweifelte, ob sich Fräulein Astrid überhaupt auf das primitive Inselleben auf Trenyken würde umstellen können. Ungute Ahnungen kamen dem besorgten Professor. Fast bereute er jetzt, Fräulein Astrid mitgenommen zu haben.

Inzwischen näherte sich Kerstens kleiner Kutter der Insel. Der erfahrene Fischer suchte eine passende Stelle zum Landen, aber die war nicht leicht zu finden. Klippen ragten überall gefahrdrohend aus dem Wasser. Bevor Kersten Gefahr lief, daß sein Kutter auf eine Klippe auflief und leck schlug, kreuzte er als umsichtiger Fischer lieber eine Viertelstunde lang vor der Küste, bis er eine halbwegs geeignete Stelle fand, wo die Strömung ruhiger war. Schließlich warf er hundert Meter vor dem Ufer den rostigen Bootsanker über die Reling. Der Anker fand Grund.

Nun mußten sie das Gepäck mit der kleinen Jolle ans Land rudern. Das war zwar umständlich und würde lange dauern, aber es war nicht zu ändern.

Auf Trenyken herrschte geschäftige Emsigkeit in der Vogelwelt. Es war Anfang Juni, und die Vögel hatten von der Insel Besitz ergriffen. Das Quarren und Schreien der Möwen und Alken schallte weit über das Meer. Asmussen und seine Begleiterin hörten es überdeutlich, als sie mit der Jolle zwischen Kutter und Land hin- und herruderten, um das viele Gepäck an Land zu bringen.

Der alte Kersten machte es sich währenddessen auf dem Kutter gemütlich. Er paffte in aller Ruhe seine Pfeife und sah den anderen bei der Arbeit zu.

Indessen schwitzte der gute Professor vor Anstrengung und vor Angst um seine wertvollen Kisten. Den gewissenhaften Asmussen ließ die Furcht nicht los, daß beim Übernehmen in die schwankende Jolle eine Kiste mit wissenschaftlichen Geräten ins Wasser fallen könnte, was bei der ständigen Schaukelei durch die Dünung durchaus möglich war. Wenn auch nur eine Proviantkiste versehentlich im Wasser landete, wäre der Erfolg der Expedition in Frage gestellt. Die nächste Gelegenheit, sich im Fischerdorf oder in Narvik, der nächsten größeren Hafenstadt auf dem Festland, mit Proviant und Geräten zu versorgen, würde sich frühestens in zwei Wochen ergeben.

Es war gerade Ebbe. Mehr als zehn Meter mußten Asmussen und das arme Fräulein Astrid durch glitschige Algen und Tang waten, bis sie am Ufer waren. Der Untergrund war tückisch. Versteckt unter diesem Gespinst von Wasserpflanzen gab es tiefe Wasserlöcher, in die man stolpern, und glatte Steine, auf denen man ausrutschen und sich die Beine brechen konnte.

Während Professor Asmussen zwischen Kutter und Land hin- und herruderte, um das umfangreiche Gepäck auszubooten, blieb Fräulein Astrid auf der Insel zurück, um die vielen Kisten, Säcke und Kartons, die der Professor aus der Jolle auslud, aus der Algen- und Tangzone ans trockene Ufer zu schleppen. Sie mühte sich bei dieser Arbeit rechtschaffen ab. Sie wollte dem Professor beweisen, daß sie zuzupacken verstand. In ihrem Eifer glitt sie auf dem glitschigen Boden aus. Ihre schöne blaue Hose war von unten bis oben mit Schmutz besudelt, und Fräulein Astrid betrachtete sie entsetzt. Wie sollte sie jemals diese Hose wieder sauber bekommen?

Professor Asmussen hatte diesen Zwischenfall noch gar nicht bemerkt. Aber der Fischer hatte es beobachtet und kicherte schadenfroh.

„Na – was gibt's denn Lustiges?" erkundigte sich Professor Asmussen, als er gerade dabei war, eine schwere Kiste vom Kutter in die kleine Jolle zu wuchten.

„Schauen Sie sich doch einmal Ihr Stadtfräulein genauer an, Professor!"

Asmussen hielt sich an der Ankerkette des Kutters fest und drehte sich in der Jolle um. Er blickte zu Fräulein Astrid hinüber. Ihm fiel dabei nur auf, wie sie sich mit dem Gepäck abmühte. Eben hatte sie eine kleine Kiste auf das Trockene geschleppt; nun tastete sie über die glatten, nassen, tangbewachsenen Steine zurück zu den anderen Gepäckstücken. Da sie befürchtete, nochmals auszurutschen, kroch sie aus Vorsicht auf Händen und Füßen durch den Tang. Sie keuchte und schwitzte dabei gewaltig. Als sie sich den Schweiß mit der Hand von der Stirn wischte, verteilte sie ahnungslos die rote Lippenstiftfarbe über das ganze Gesicht.

Asmussen sah zwar die viele rote Farbe auf dem Gesicht, ahnte aber nicht, daß es nur der Lippenstift war. In der Meinung, die Fotografin blutete, drehte er sich aufgeregt zu Kersten um und rief:

„Sehen Sie denn nicht, daß Fräulein Astrid sich offenbar verletzt hat? Ich muß sofort zu ihr!"

Hastig stieß Professor Asmussen seine Jolle vom Kutter ab und pullte in Richtung Land. Dort zog er das leichte Fahrzeug schnell aufs Trockene, damit es nicht abgetrieben würde. Dann eilte er besorgt hinter Fräulein Astrid her.

Die ahnungslose Fotografin hatte zwar bemerkt, daß der Professor hinter ihr herlief, ließ sich aber deswegen nicht bei ihrer Arbeit stören. Die große Kiste, die sie gerade schleppte, wollte sie erst einmal an Land bringen. Sie war sehr schwer.

„So bleiben Sie doch stehen, Fräulein Astrid!" rief der Gelehrte hinter ihr her. Erstaunt setzte sie die Kiste ab und blickte zurück. Was wollte nur der Professor von ihr?

In seiner Eilfertigkeit hatte Asmussen nicht auf die glatten Steine achtgegeben und rutschte aus. Er fiel in ein Wasserloch. Bis zu den Knien stand er im kalten Salzwasser, das ihm jetzt oben in die Gummistiefel hereinsickerte. Fräulein Astrid, die des Professors Mißgeschick gesehen hatte, eilte, ohne sich weiter um die Kiste zu kümmern, zu ihm.

„Haben Sie sich weh getan, Professor?" fragte sie teilnahmsvoll. Asmussen rieb sich das Knie, mit dem er gegen den Felsen geschlagen war.

„Ist nicht weiter schlimm! Aber was ist mit Ihnen?" fragte er.

Als er sie jetzt anblickte, erkannte er, daß es kein Blut, sondern nichts als Schminke war, die ihr Gesicht verunstaltete. Da mußte Professor Asmussen laut lachen. Seine Tierfotografin bot wirklich einen lustigen Anblick.

Fräulein Astrid, die nicht wußte, was es da zu lachen gab, blickte ihn böse an. „Warum lachen Sie über mich?“ fragte sie wütend.

Der Professor entschuldigte sich: „Verzeihen Sie bitte meine Unhöflichkeit; aber Sie werden mich besser verstehen, wenn Sie sich einmal im Spiegel betrachten würden! Ihr Lippenstift, wissen Sie ...“

„Mein Lippenstift?“ fragte Fräulein Astrid zurück. Ahnungsvoll fuhr sie mit der Spitze des rechten Zeigefingers über das Gesicht. Ein Blick auf die knallrote Fingerspitze genügte, sie sehr verlegen zu machen. Rasch drehte sie sich um und eilte an Land, wo sie ihre Handtasche mit Spiegel und Kamm abgestellt hatte.

Entsetzt starrte sie auf ihr Gesicht im Spiegel. Sie wollte sich selbst kaum wiedererkennen. „Ich sehe ja grauenhaft aus, fast wie ein Indianer mit Kriegsbemalung“, murmelte sie erschrocken. Sie nahm sich vor, hier auf der Insel nie wieder Lippenstift zu verwenden.

Währenddessen pullte der Professor zum Kutter zurück. Dort stand der alte Kersten an die Reling gelehnt. Er hatte den Vorfall genau beobachtet und grinste über das ganze Gesicht.

Wer sind die Fremden?

Zwei Stunden brauchte Asmussen noch, bis er seine gesamte Ausrüstung auf der Insel hatte. Dann trug er gemeinsam mit Fräulein Astrid die kleine, leichte Plastikjolle an Land. Dieses praktische Ruderboot wollte der Professor nämlich gern auf der Insel behalten.

Fischer Kersten warf den Motor an, holte den Anker wieder ein und gab Gas. Die Schiffsschraube wirbelte eine Menge Wasser auf, und der Kutter setzte sich in Bewegung. Kersten nahm jetzt Kurs auf das Fischerdorf. Dem Professor hatte er versprochen, in spätestens vierzehn Tagen wiederzukommen. Dann wollte er Post, Proviant und frisches Wasser bringen. Bis dahin waren also der Gelehrte und seine Begleiterin auf sich selbst angewiesen.

Die beiden standen eine ganze Weile am Ufer und sahen, wie der Kutter immer kleiner wurde und schließlich hinter der nächsten Insel verschwand. Nun schauten sie sich erst einmal in aller Ruhe auf der Insel um. Fräulein Astrid, die in ihrem Leben noch nie eine Vogelinsel gesehen hatte, wunderte sich, daß nirgends Bäume oder wenigstens Sträucher wuchsen. Nur Gras erblickte sie überall. Manche Grasbüschel hatten die Größe kleiner Hügel.

„Errrr ... errrr ...", schnarrte es plötzlich unter ihren Füßen. Fräulein Astrid erschrak. Dann bückte sie sich beherzt, um herauszubekommen, woher dieser Schnarrton kam. Mit Erstaunen entdeckte sie ein Gewirr kleiner Höhlen und Eingänge, die direkt ins Erdreich führten. Aus einem der Höhleneingänge schaute ein seltsamer Vogel heraus. Er stand aufrecht, hatte zwei rote Watschelbeinchen, kurze schwarze Stummelflügel und einen großen weißen Bauch. Am meisten fiel Fräulein Astrid der Schnabel auf. Er sah dem Schnabel eines Papageien verblüffend ähnlich. Ohne jede Scheu drehte der kleine Vogel seinen Kopf und blickte sie neugierig an. Nach einer Weile schien der Vogel genug gesehen zu haben, machte unbeholfen kehrt und watschelte in seine Höhle zurück. Fräulein Astrid kniete tief zur Erde hinunter, um einen Blick ins Innere zu werfen. In der Höhle war es finster, und von dem eigenartigen Vogel war nichts zu sehen. Fräulein Astrid stand auf und schüttelte sich Erdkrumen von der Kleidung.

„Herr Professor, ich glaube, ich habe eben einen Papagei entdeckt. Sie müssen einmal herkommen

und in die kleine Höhle schauen. Er hat sich jetzt da drinnen versteckt!“ rief sie aufgeregt.

Professor Asmussen lächelte. „Aber liebes Fräulein Astrid! Hier oben im Norden gibt es doch keine Papageien. Die leben doch in wärmeren Ländern.“

Geduldig erklärte er ihr weiter: „Dieser Vogel heißt zwar wegen seines farbigen Schnabels Papageientaucher. Er hat aber mit den richtigen Papageien gar nichts zu tun. Er ist ein Alk, also ein richtiger Meeresvogel, der zwar gut tauchen, aber schlecht fliegen kann. Im Meer fühlt sich der Papageientaucher am wohlsten. Da ist er zu Hause. Doch im Frühjahr muß er an Land gehen, um seine Eier zu legen. Um diese Eier gegen andere Raubvögel zu schützen, legt er sie in seine selbstgebauten Höhlen. In den Höhlen zieht er dann auch seine Küken groß."

Professor Asmussen war im Begriff, der Fotografin einen richtigen Vortrag zu halten, so wie er es in der Universität oft genug vor den Studenten getan hatte. Jetzt deutete er mit einer weiten Handbewegung über die Insel und fuhr fort: „Sehen Sie sich unsere Insel an! Sie ist von Hunderttausenden solcher Papageientaucher bevölkert. Ich hoffe, Sie werden mir ein paar gute Fotos von diesen Alken schießen. – Übrigens muß dort hinten in der Senke die kleine Hütte stehen, in der wir wohnen werden. Am besten gehen wir erst einmal dorthin und sehen sie uns an. Das Gepäck tragen wir später in die Hütte!"

Fräulein Astrid nickte. „Einverstanden! Schauen wir uns unser Häuschen einmal an!"

Die Hütte lag nicht weit vom Ufer entfernt. Die beiden erreichten sie nach wenigen Minuten. Geschützt gegen die stürmischen Atlantikwinde, stand sie in einer kleinen Senke direkt am Fuß eines grasbewachsenen Felsens. Die Hütte war so klein, daß zwei Pritschen, ein Tisch, einige Stühle, eine Holzbank und ein Ofen sie fast ausfüllten. Fischer Kersten hatte dem Professor erzählt, daß sie von Eiersammlern vor vielen Jahren gebaut wurde. Früher wurde sie von den Leuten im Dorf bei schlechtem Wetter als Unterschlupf benutzt, deswegen war sie auch so einfach eingerichtet.

Fräulein Astrid konnte ihre Enttäuschung über die primitive Hütte nicht verbergen. Mit Schaudern dachte sie daran, daß sie den ganzen Sommer mit dem Professor zusammen da drinnen hausen sollte. „Wo soll ich nur meinen ganzen Kram abstellen? Der paßt doch niemals da hinein“, wandte sie ein.

Asmussen winkte ab. „Keine Angst deswegen, Fräulein Astrid. Das Gepäck kommt in zwei Zelte, die wir extra dafür mitgenommen haben. So – und nun wollen wir uns daranmachen, unsere Sachen hinaufzutragen. Dann haben wir uns unseren Kaffee ehrlich verdient!“

Die Aussicht auf den ersten heißen Kaffee hier auf der Insel beflügelte Fräulein Astrids Arbeitseifer. Bereits ein Gepäckstück in der Hand, stieg ein schrecklicher Verdacht in ihr auf ... War ihr nicht vorhin beim Verladen des Gepäcks schon aufgefallen, wie merkwürdig leicht die Wasserkanister sich tragen ließen? Auf der Stelle ließ sie die Tragetasche fallen und eilte nach draußen, wo sich der Professor bereits an der Zeltausrüstung zu schaffen machte, und teilte ihm ihren Verdacht mit.

„Was, wir haben kein Trinkwasser mitgenommen?“ staunte Professor Asmussen. Ungläubig faßte er einen Kanister nach dem anderen an und schüttelte. Doch da half kein Schütteln: sie waren alle leer. Verdrossen rieb sich Asmussen die Nase. Das war eine Angewohnheit, die Fräulein Astrid schon oft bei ihm beobachtet hatte. „Wie dumm von mir, daß ich dem Kersten nicht gesagt habe, daß er uns die Kanister füllen soll“, murmelte er und überlegte.

Nach einer kleinen Pause wandte er sich Fräulein Astrid zu: „Am besten ist wohl, wenn ich jetzt die beiden Zelte alleine aufbaue. Sie schauen inzwischen einmal nach, ob Sie auf der Insel nicht irgendwo Trinkwasser finden. Kersten hat mir gesagt, daß es hier Sickerquellen geben soll.“

Fräulein Astrid nickte zustimmend. Ihr war dieser Vorschlag nur recht; so würde sie bei der Wassersuche auch gleichzeitig ein bißchen von der Insel kennenlernen.

„Und wenn Sie keine Quelle finden, dann schöpfen Sie einfach angesammeltes Regenwasser aus einer Felsvertiefung!“ gab ihr Professor Asmussen als letzten Rat mit auf den Weg. Fräulein Astrid nahm eine Schöpfkelle in die rechte und den Plastikeimer in die linke Hand. Dann lief sie los.

Schon bald merkte sie, daß das Gehen auf der Insel nicht ganz ungefährlich war. Überall dort, wo Humus und Erde lag, hatten die Papageientaucher die Insel mit ihren vielen Höhlen durchlöchert. Oft sah Fräulein Astrid die Höhleneingänge überhaupt nicht. Viele waren durch struppiges Gras verdeckt. Vorsichtig setzte sie einen Fuß vor den anderen; dadurch kam sie nur langsam voran. Nach einer Weile setzte sie sich zum Ausruhen auf einen bemoosten Felsblock. Sie blickte die Felswand hinauf. Auf den engen Felsbändern schubsten, drängelten und zankten sich die Vögel. Sie waren so sehr miteinander beschäftigt, daß sie die Fotografin überhaupt nicht bemerkten. Fräulein Astrid überlegte einen Augenblick, ob sie nicht noch einmal zurücklaufen sollte, um den Fotoapparat zu holen. Sicher könnte sie jetzt nah an die Vögel herankommen und gute Bilder machen. Aber dann dachte sie an den Professor, der ungeduldig auf das Kaffeewasser wartete.

Fräulein Astrid lief weiter. Sie war noch nicht lange gegangen, als sie an einer Felswand herunterrieselndes Wasser entdeckte. Überall sah sie saftiggrüne Moospolster, die sich mit Flüssigkeit vollgesogen hatten.

„Hurra, jetzt habe ich Waser gefunden!" jubelte sie laut auf. Da sie großen Durst verspürte, wollte sie selbst erst einmal trinken, bevor sie den Eimer füllte. Mit der Schöpfkelle fing sie Wasser auf und nahm einen kräftigen Schluck.

„Brrr ..." Fräulein Astrid schüttelte sich vor Ekel. Das Wasser schmeckte so abscheulich, daß sie es ungenießbar fand. Dieser ekelerregende Geschmack war erklärlich, denn das Wasser lief genau durch das Brutgebiet der Vögel, die es mit ihrem Kot und Unrat verschmutzten.

„Vielleicht ist das Wasser sogar giftig“, entsetzte sich die Fotografin.

So setzte sie ihre mühselige Wassersuche fort, und immer tiefer drang sie dabei in das Innere dieser einsamen Insel vor.

Plötzlich blieb sie wie angenagelt stehen. Ein großes, finsteres Loch führte in den mittleren der drei Felsberge hinein.

„Oh – eine Höhle! Wie romantisch!“ entfuhr es ihr. Sie wollte geradenwegs auf die Höhle zulaufen, um sich dort umzusehen, als sie davor ein Feuer entdeckte und – Menschen! Feuer und Menschen waren aber so weit entfernt, daß sie keine Einzelheiten ausmachen konnte. Jetzt bekam es Fräulein Astrid mit der Angst zu tun.

Wer waren wohl diese Leute? Ein bißchen unheimlich wurde ihr zumute. Wenn ich nur das Fernglas mitgenommen hätte, dann könnte ich sehen, wer sie sind, dachte sie bei sich. Sie hielt es für das klügste, sich ein Stück näher an sie heranzuschleichen und sie zu beobachten. Und schon legte sie sich auf den Bauch und kroch los, vorbei an den Höhlen der Papageientaucher, die verwundert über das dahinkriechende Menschenwesen hervorlugten.

Uff – wie war das mühselig! Schon nach einigen Minuten taten ihr alle Glieder weh. Schließlich meinte sie nahe genug am Lagerplatz der Fremden zu sein.

Sie hob den Kopf und schaute neugierig über einen Grashügel. Was sie jetzt sah, ließ ihr den Atem stokken. Sofort zog sie den Kopf wieder ein.

„So etwas gibt es doch nicht! Ich muß mich da geirrt haben", murmelte sie verwirrt vor sich hin. Dann schaute sie noch einmal über den Grashügel. Fräulein Astrid bot sich ein wahrlich ungewohnter Anblick.

Vor einem Feuer mit Treibholz hockten nämlich zwei Gestalten, die weder Hemd noch Hose anhatten. Sie waren splitternackt. Am Spieß brieten sie Alken und Möwen. Soviel sich Fräulein Astrid auch die Augen reiben oder sich in den Arm kneifen mochte, sie

träumte nicht. Es dauerte eine Weile, bis sie wieder einen klaren Gedanken fassen konnte.

Sie begann zu überlegen, wer diese Menschen wohl wären. Eiszeitmenschen konnten es ja wohl schlecht sein, auch wenn diese Fremden von der Jagd lebten und offensichtlich keine Kleidungsstücke kannten. Wer waren sie aber dann? Fräulein Astrid dachte scharf nach. Ihr kam der Gedanke, daß es sich bei diesen Leuten womöglich um bedauernswerte Schiffbrüchige handelte. Sie malte sich schon aus, wie das Schiff vor den Klippen gestrandet war und wie es nur diesen beiden gelungen war, sich auf die Vogelinsel zu retten. Nun warteten die zwei sicher auf Hilfe und mußten sich solange von der Vogeljagd ernähren.

Fräulein Astrid glaubte nun fast schon, daß es so war. Mitleid mit diesen armen Menschen überkam sie. Am liebsten wäre sie aufgesprungen und wäre zu den beiden hingelaufen. Aber die Leute waren ihr unheimlich. Sie hatte Angst.

Vielleicht, so überlegte sie weiter, sind es auch Verbrecher, die sich, von der Polizei gejagt, auf dieser einsamen Insel abgesetzt haben. Dann war es schon besser, wenn sie erst einmal den Professor holte.

Gebückt kroch sie bis zu der Stelle, wo sie den Plastikeimer hatte liegenlassen. Als sie sicher war, daß die Fremden sie nicht mehr sehen konnten, sprang sie auf. Mit dem leeren Eimer in der Hand hastete sie, so gut es das Gelände zuließ, über Steilhänge und Felsblöcke zurück zur Hütte.

Dort war Professor Asmussen gerade mit dem Aufbau der Zelte beschäftigt. Sein Durst war inzwischen immer quälender geworden. Er wunderte sich, daß Fräulein Astrid so lange fortblieb.

Als er in der Nähe eine Schar Möwen und Alken auffliegen sah, dachte er erfreut: Aha, jetzt kommt Fräulein Astrid endlich mit dem Wasser zurück! Sie war es – er sah sie keuchend über Felsen und Grasbüschel springen.

„Ach, du liebe Güte! Wie sieht die denn wieder einmal aus!" entsetzte er sich. Fräulein Astrid bot dem Gelehrten wirklich einen recht merkwürdigen Anblick. Die Haare hingen ihr wirr in die Stirn, über die Wange lief eine Schramme.

Hoffentlich ist ihr nichts passiert! sorgte sich der Professor. Er fragte sich, was für eine wilde Geschichte sie ihm jetzt wohl erzählen würde.

„Oh, Professor! Was meinen Sie, was ich eben erlebt habe!" rief sie ihm schon von weitem zu. Keuchend blieb sie stehen. Vor Aufregung zitterten ihre Hände.

Der Gelehrte blieb gelassen: „Nun beruhigen Sie sich erst einmal und setzen Sie sich. Dann erzählen Sie mir am besten alles der Reihe nach!"

Fräulein Astrid ließ sich auf eine der herumstehenden Proviantkisten fallen und begann ihren Bericht.

Am Anfang sprach sie stockend. Aber dann sprudelten die Worte immer schneller aus ihrem Munde: „Stellen Sie sich das vor, Professor! Erst entdeckte ich eine Höhle und dann später Menschen. Sie hockten vor einem Feuer und brieten sich Alken. Ich habe keine Ahnung, wer sie sind. Ich dachte schon an Steinzeitmenschen, Verrückte oder irgendwelche Schiffbrüchige!"

Asmussen blickte Fräulein Astrid verblüfft an. „Was erzählen Sie da! Steinzeitmenschen, Verrückte, Schiffbrüchige ..." Er schüttelte ungläubig den Kopf. Dann sagte er mit energischer Stimme: „Hören Sie mal her, Fräulein Astrid! Ich weiß ganz genau, daß wir auf der Insel die einzigen Menschen sind. Wären noch andere Leute hier, hätten wir nämlich deren Boot unten am Ufer gesehen. Sie haben sich bestimmt geirrt!"

„Aber ich habe mich nicht geirrt!" beharrte sie.

„Sie müssen wenigstens zugeben, daß ihre Geschichte sehr, sehr unglaubwürdig klingt", erwiderte der Professor kopfschüttelnd.

„Natürlich klingt mein Bericht unglaublich", gestand sie. „Ich würde es ja selbst nicht glauben, wenn ich die beiden Gestalten nicht mit eigenen Augen gesehen hätte. Sie müssen mir das einfach abnehmen, Professor!"

„Hmm ...! Wie sahen denn die Leute aus? Ich meine, was für Kleidung trugen sie?" erkundigte sich Asmussen. Fräulein Astrid errötete ein bißchen.

„Sie hatten gar nichts an!“

„Waren die etwa nackt?“ fragte Asmussen verblüfft zurück.

Fräulein Astrid nickte bejahend.

„Aber liebes Fräulein Astrid! Bei diesem kühlen Wetter läuft hier kein vernünftiger Mensch ohne Kleidung durch die Gegend.“ Der Professor lachte. Er war felsenfest davon überzeugt, daß es diese Fremden nur in der Phantasie von Fräulein Astrid gab. Fräulein Astrid tat ihm leid. Wie sollte er sie nur von ihrer Wahnvorstellung befreien! Am besten war, wenn er mit ihr zusammen zu dieser angeblichen Höhle ging. Dann könnte er ihr beweisen, daß sie sich irrte.

Nach kurzem Bedenken sagte Asmussen: „Damit Sie heute nacht in aller Ruhe schlafen können und nicht in Angstträume verfallen, gehen wir am besten zusammen zu dieser Höhle. Sie werden sehen, daß Sie sich diese Leute nur eingebildet haben!“

Fräulein Astrid war ganz aufgeregt. „Vielleicht sind es gefährliche Banditen. Wollen wir nicht eine Pistole mitnehmen?“ bat sie. Professor Asmussen besaß nur ein harmloses Luftgewehr und wußte auch nicht, in welcher Kiste es lag. So machten sich die beiden unbewaffnet auf den Weg.

Eine unverhoffte Begegnung!

Bald kamen sie an die Stelle, wo die Fotografin das Feuer und die beiden geheimnisvollen Fremden gesehen hatte. Aber weit und breit war kein Feuer und kein Mensch zu sehen. Eine Zeitlang blieben Fräulein Astrid und Professor Asmussen auf einer kleinen Anhöhe stehen und blickten sich um. Nirgends war etwas Verdächtiges zu entdecken.

„Nun, Fräulein Astrid“, meinte der Professor schmunzelnd, „was habe ich Ihnen gesagt? Sie haben sich die Leute nur eingebildet! – Aber dort drüben ist die Höhle, von der Sie sprachen. Die gibt es also tatsächlich. Ich will sie gleich mal untersuchen!“ Unternehmungslustig stieg er von der Anhöhe herunter und schlug den Weg zur Höhle ein.

Die Höhle führte sehr tief in den Berg hinein. Drinnen war es vollkommen finster. „Platsch, platsch, platsch ...“ – Überall tropfte laut das Wasser von der Decke, und die Wände schimmerten grünlich und bläulich. Tote Alken lagen auf dem Boden. Es roch nach Moder und verwesendem Fleisch.

Fräulein Astrid erschauerte; keine Macht der Welt hätte sie in diese schreckliche Höhle locken können. „Sicher haben sich da drinnen die beiden Fremden versteckt!" flüsterte sie, und ihr Herz schlug vor Aufregung gleich schneller.

Inzwischen konnte Professor Asmussen seine Neugier nicht mehr länger zügeln. Beherzt tapste er in die Finsternis hinein. Nach wenigen Schritten mußte er stehenbleiben; seine Augen mußten sich erst an das schummrige Dämmerlicht da drinnen gewöhnen. Dann tastete er sich an den Wänden entlang weiter hinein in die Finsternis. Asmussen merkte bald, daß sich die Höhle endlos in das Innere des großen Vogelberges winden mußte. Er sah ein, daß es überhaupt keinen Zweck hatte, ohne Taschenlampe weitergehen zu wollen. Er beschloß, die Höhle ein anderes Mal genauer zu untersuchen und kehrte um.

Währenddessen hatte sich Fräulein Astrid draußen auf einen Stein gesetzt und erwartete mit großer Unruhe die Rückkehr des Professors. Plötzlich hörte sie eine helle Stimme hinter sich. Zu Tode erschrocken drehte sie sich um. Sie glaubte schon, die gefürchteten Banditen vor sich zu sehen, aber – so sahen die zwei Jungen, die da auf sie zukamen, gar nicht aus! Verblüfft starrte Fräulein Astrid die beiden an – es waren natürlich Sven und Jo, aber das konnte Fräulein Astrid, die wieder einmal angestrengt nachdachte, wer die beiden wohl seien, noch nicht wissen! Doch langsam erinnerte sie sich nun, daß sie die beiden schon einmal irgendwo gesehen hatte. Wiederum dachte sie scharf nach. Hatten sich die beiden Jungen nicht auf dem Schiff mit Professor Asmussen unterhalten?

Nicht minder überrascht über dieses merkwürdige Zusammentreffen waren Sven und Jo. Sie hatten geglaubt, allein auf der Insel zu sein – und nun stießen sie auf einen Menschen! Aber was tat diese junge Frau allein auf der Insel? War es eine Fischersfrau? Doch so sah sie nicht aus. Seltsamerweise erkannten die Jungen die Fotografin nicht wieder, was wohl sicher daran lag, daß sie damals auf dem Dampfer sehr elegant und selbstsicher wirkte. Aber das war jetzt anders, der erste Tag auf der Insel hatte sie vollständig verändert.

„Seid ihr nicht die Jungen vom Schiff?" unterbrach Fräulein Astrid das lange Schweigen.

Die Jungen nickten: „Ja, das sind wir."

„Aber wer sind Sie?" fragte Sven neugierig zurück.

„Ich bin Fräulein Astrid. Ich arbeite als Fotografin für Professor Asmussen. Doch ihr beiden müßt mich doch wiedererkennen. Wir sind doch zusammen auf dem Postdampfer nach Røst gefahren!"

Die Jungen schüttelten den Kopf. Sie konnten sich wirklich nicht an Fräulein Astrid erinnern. „Ich glaube, Sie sehen jetzt irgendwie anders aus als auf dem Schiff", gestand ihr Sven. Fräulein Astrid errötete verlegen.

„Das kann schon sein", meinte sie. „Aber den Professor erkennt ihr sicher wieder. Dort kommt er gerade!" Dann rief sie laut: „Professor! Stellen Sie sich vor, wir haben Besuch bekommen. Die beiden kennen Sie auch!"

Professor Asmussen tastete sich eben aus der Höhle ins Freie. Er mußte sich erst wieder an das grelle Tageslicht gewöhnen. Die Sonne blendete ihn. Daß plötzlich auf der Vogelinsel zwei Menschen auftauchten, erstaunte ihn genauso wie Fräulein Astrid. Verwundert blinzelte er zu den dreien herüber. Dann kam er eilig herbeigelaufen und blieb überrascht vor Sven und Jo stehen.

„Zum Donnerwetter, wo kommt ihr denn so plötzlich her! Ihr seid doch die Jungen vom Dampfer!" platzte er heraus.

„Ja, das sind wir", bestätigten Sven und Jo.

„Aber wo ist denn euer Boot? Ich habe nirgends eines gesehen. Ihr müßt doch irgendwie auf die Insel gekommen sein?" forschte Asmussen weiter.

Sven kratzte sich verlegen hinter dem Ohr und blickte Jo fragend an. Was sollte er dem Professor

bloß erzählen? Würde er ihnen glauben, daß sie gestern abend mit einem Floß knapp an der Insel auf einer Klippe aufgefahren waren und die letzten hundert Meter zum Ufer hatten schwimmen müssen? Zu unglaubwürdig mußte dieses Abenteuer in den Ohren des Gelehrten klingen.

Jo ergriff das Wort: „So schnell können wir Ihnen das gar nicht erzählen. Es ist nämlich eine recht lange Geschichte, wie wir auf diese Insel kamen!“

Nun wurde Asmussen noch neugieriger. „Erzählt nur, wir haben ja Zeit!“ forderte er die Jungen auf.

Die vier machten es sich erst einmal bequem und lagerten sich ins Gras. Dann begannen Sven und Jo mit dem Bericht über ihre abenteuerliche Fahrt. Sie erzählten von der Zeitungsanzeige, in der das Rettungsboot so preiswert angeboten war, von der langen Dampferfahrt von Tromsø nach Røst, von der geschäftstüchtigen Witwe Anders und von ihrer ersten Probefahrt. Sie schilderten, wie sie am Abend auf einer der Inseln endete, auf der sie übernachten mußten, wie sich in der Nacht ihr Boot losriß und in die offene See hinaustrieb und wie sie am nächsten Tag ein Floß bauten und damit die Insel verließen.

„... und dann fuhr unser Floß schließlich vor dieser Insel auf einer Klippe auf und brach auseinander. Wir waren völlig erschöpft. Mit unseren letzten Kräften schwammen wir an Land. Unser Gepäck war verloren, unsere Kleider waren naß, und Streichhölzer hatten wir auch keine. So konnten wir kein Feuer machen. Während der Nacht haben wir uns in die Höhle gekauert und konnten vor Kälte kein Auge zutun. Das war die schrecklichste Nacht, die ich bisher erlebt habe ..."

Sven machte jetzt eine Pause, und Jo fuhr mit dem Erzählen fort: „Aber heute morgen hatten wir großes Glück. Wir entdeckten eine kleine Hütte, die nicht abgeschlossen war. Dort fanden wir auch Streichhölzer; die waren für uns erst einmal das wichtigste, denn nun konnten wir endlich ein Feuer machen und unsere nassen Kleider trocknen!"

Professor Asmussen und Fräulein Astrid hatten dem Bericht der Jungen mit ständig wachsender Spannung zugehört. Als Jo nun erzählte, wie sie heute morgen am offenen Feuer ihre Kleider getrocknet hatten, unterbrach ihn Asmussen.

„Sag mal, wo habt ihr denn das Feuer gemacht?" erkundigte er sich neugierig.

„Dort vorn hatten wir es", antwortete Jo und zeigte auf ein Häuflein Asche.

Asmussen konnte jetzt ein Schmunzeln nicht mehr unterdrücken. Er warf einen verstohlenen Blick zu Fräulein Astrid hinüber. Er sah, wie ihr eine leichte Röte ins Gesicht stieg.

Jo kam jetzt zum Ende seines Berichtes: „Als wir unsere Kleider endlich trocken hatten, haben wir uns ein paar Alken gefangen und sie gebraten. Hunger hatten wir auch. Na, und dann haben wir uns dort hinten in die Sonne gelegt und geschlafen. Als wir erwachten, saß Fräulein Astrid in unserer Nähe. Sie können sich unsere Freude vorstellen, daß wir Sie hier getroffen haben!"

Asmussen war ziemlich beeindruckt von den Erlebnissen der Jungen. Er räusperte sich.

„Da habt ihr ja in diesen drei Tagen gefährliche Abenteuer bestanden. Ihr habt dabei viel Glück gehabt. Denkt einmal darüber nach, wie leichtsinnig diese Floßreise war! Die Strömung hätte euch glatt in das offene Meer hinaustragen können. Aber nun habt ihr uns getroffen, und wir wollen euch gerne weiterhelfen. Eine schlechte Nachricht kann ich euch allerdings nicht verschweigen!" Asmussen blickte die

Jungen betrübt an. „Wir haben nämlich kein Motorboot mit!“

„Kein Motorboot?“ Sven und Jo schauten den Professor enttäuscht an. „Dann kommen wir auch nicht zum Fischerdorf zurück und können auch nicht mit den Eltern telefonieren. Die glauben nämlich bestimmt, daß uns ein Unglück zugestoßen sei!“

Asmussen hob beschwichtigend die Arme. „So schlimm ist das doch alles nicht. Spätestens in vierzehn Tagen kommt der alte Kersten mit seinem Kutter, um uns mit frischen Lebensmitteln zu versorgen. Dann könnt ihr mit ihm ins Fischerdorf zurückfahren. Bis dahin seid ihr unsere Gäste. Einige Wolldecken und ein Zelt für die Nacht legen wir euch bereit. Wenn ihr übrigens Lust habt, könnt ihr mir in dieser Zeit ein bißchen bei meiner wissenschaftlichen Arbeit helfen.“

Die Insel der drei Felsen

Zwei Tage waren inzwischen vergangen, und die Jungen hatten sich an das Leben mit dem Professor und der Fotografin auf der Vogelinsel gewöhnt. Nachts schliefen sie in einem der Zelte, in dem der Professor eigentlich einen Teil des Expeditionsgepäcks hatte unterbringen wollen. Am Tage begleiteten sie Asmussen oder Fräulein Astrid auf ihren Streifzügen durch die Insel.

Die Jungen waren dem Professor sehr dankbar, daß er sie so gastfrei aufgenommen hatte. Ohne seine Hilfe wäre es ihnen auf der menschenleeren Insel schlecht ergangen. Eigentlich hätten diese Tage auf Trenyken eine unbeschwerte Zeit für Sven und Jo sein können; doch die beiden mußten oft an Svens Eltern denken, die vergeblich auf die Rückkehr der beiden Jungen warteten und sich sicher Sorgen machten.

Sven begleitete am liebsten Fräulein Astrid auf ihrer Fotopirsch, während Jo meist mit dem Professor unterwegs war. Sven interessierte sich brennend für das Fotografieren. Er hoffte, Fräulein Astrid würde ihm einmal die Kamera erklären. Am liebsten wäre er mit dem Apparat selbst in den Felsen herumgeklettert und hätte ein paar Aufnahmen gemacht. Doch Fräulein Astrid gab ihr teures Fotogerät nur ungern aus der Hand. Dann aber kam schließlich der große Augenblick, als Svens Wunsch in Erfüllung ging.

Zwei Tordalken brüteten hoch oben am Berg auf einem Felsabsatz. Der einzige Weg dorthin führte durch eine steile Felswand. Fräulein Astrid wollte unbedingt eine Aufnahme von ihnen haben, doch war sie im Klettern ungeübt. Es alleine zu versuchen war ihr zu gefährlich. Da kam ihr der Gedanke. Sie drehte sich zu Sven um, der hinter ihr stand.

„Sag mal, Sven, du bist doch ein guter Kletterer. Kannst du nicht mit der Kamera zu den Tordalken hinaufklettern und für mich ein paar Bilder machen?"

Sven strahlte über das ganze Gesicht. Nichts hatte er sich sehnlicher gewünscht als dies. Er nickte: „Ist in Ordnung! Das mache ich gern." Fräulein Astrid erklärte ihm nun genau den Gebrauch der Kamera. Dann stieg Sven vorsichtig den Felsen hinauf zu den Tordalken. Er machte einige Aufnahmen und kletterte wieder zurück. Nach zehn Minuten war er wieder bei Fräulein Astrid.

„Bravo!" – Die Fotografin klatschte erfreut in die Hände. „Das war wirklich gut gemacht. Ich hätte mich niemals auf den Felsen getraut. Du solltest mir noch öfter beim Fotografieren helfen", sagte sie.

Solches Lob hörte Sven natürlich gern, und er nahm sich vor, noch oft mit der Fotografin die Insel zu durchstreifen. So wurden die beiden bald gute Freunde.

Jo hinwiederum hielt sich am liebsten bei Professor Asmussen auf. Dem Gelehrten gefiel der bescheidene, wissensdurstige Lappenjunge außerordentlich gut. Er nahm ihn gern zu seinen Vogelbeobachtungen mit. Oft wunderte sich Asmussen, daß Jo so gut über die Eismeervögel Bescheid wußte. Einmal fragte er ihn: „Sag mal, Jo, woher kennst du eigentlich die Namen so vieler Meeresvögel? Du wohnst doch gar nicht an der Küste!"

Da erzählte Jo, daß er einmal mit Sven und seinem Vater einen ganzen Sommer im Treibeis vor Spitzbergen unterwegs war. Dort hatte er alle jene Alken gesehen, die es auf Røst auch gibt.

„So ist das also", antwortete Professor Asmussen. Er mußte an seine Studenten denken, die er an der Universität unterrichtete. Die hatten zwar viele Bücher über die Vögel gelesen. Aber wenn sie am Meer waren, konnten sie oft einen Alk nicht von einer Möwe unterscheiden. Das konnte Jo jedenfalls nicht passieren.

Am dritten Tag ihres Aufenthalts auf Trenyken hatte sich der Professor für alle eine Überraschung ausgedacht.

„Kommt mal mit", sagte er und blinzelte schalkhaft. Alle drei ahnten, daß sich Asmussen etwas Spaßiges ausgedacht hatte. Der Professor war kein trockener Gelehrter, der nur über seinen Büchern hockte; er war auch gern lustig.

Asmussen klemmte sich ein kleines Batterie-Tonbandgerät unter den Arm und marschierte los. Die Fotografin, Sven und Jo folgten ihm. Bei der ersten Papageientaucherhöhle machte er halt, baute das Tonbandgerät auf, schloß das Mikrofon an und schob es mit einem Stock in die Höhle hinein.

„Eerrk, eerrk", schnarrte und knarrte drinnen ein aufgeregter Papageientaucher. Dem armen Vogel wurde richtig ängstlich zumute. Professor Asmussen blinzelte listig und legte seinen Zeigefinger auf die Lippen. Die drei sollten sich also ruhig verhalten. Dann drückte er auf ein Knöpfchen und ließ das Tonband laufen. Immer noch ließ der Papageientaucher seine Angst- und Warnrufe erklingen. Erst als er damit aufhörte, stoppte Asmussen das Gerät und spulte das Tonband zurück.

„Aufgepaßt!" rief er jetzt. „Nun spiele ich die Warnrufe des Papageientauchers über den Lautsprecher ab." Er drückte wieder auf ein Knöpfchen am Tonbandgerät.

Da schallte der Warnruf des Papageientauchers laut aus dem Lautsprecher über den Hang. Wie auf ein Kommando kamen mit einem Male aus allen Erdlöchern aufgeregte Papageientaucher im Eiltempo herausgewatschelt. Sie ruderten mit ihren kurzen Flügeln wild herum, bis sie endlich Luft unter die Flügel bekamen und sich abheben konnten. Ängstlich schwirrten sie davon.

Andere Alken sahen die flüchtenden Papageientaucher und schlossen sich sofort an. Auch die Nordlandmöwen, die hoch oben in den Felsen brüteten, glaubten jetzt an Gefahr und flogen auf. Nach zwei Minuten saß kein einziger Vogel mehr auf seinem Ruheplatz. Die ganze Insel war leer. Aber dafür sausten und schwirrten Tausende und aber Tausende von Möwen und Alken kreischend um die drei Vogelberge von Trenyken. Der Lärm war so ohrenbetäubend, daß die vier sich nicht mehr verstanden.

Professor Asmussen freute sich über den gelungenen Spaß. Er drehte sich zu Jo um, der ihm am nächsten stand, und rief ihm ins Ohr: „Da siehst du, wie leicht sich die Vögel durch mein Tonbandgerät an der Nase herumführen ließen. Aber gleich werden sie alle wieder auf den Eiern hocken. Die Vögel wissen nämlich genau, daß sie die nicht kalt werden lassen dürfen. Das keimende Wesen wäre bald tot, und der Vogel brütete vergebens. Kein Küken würde dann schlüpfen!“

Doch die Alken und Möwen ließen kein Zeichen der Beruhigung erkennen und schwirrten weiter aufgeregt um die drei Vogelberge. Sie dachten gar nicht daran, zu ihren Nestern zurückzukehren. Asmussen irrte sich dieses Mal mit seiner Voraussage gründlich. Mit der Zeit wurde er unruhig.

„Ich versteh' überhaupt nicht, warum die Vögel immer noch so erregt sind. Es muß noch einen anderen Grund geben, daß sie noch nicht wieder auf den Eiern sitzen", sagte er, völlig verunsichert.

Dann kramte er sein Fernglas aus dem Rucksack hervor. Erst richtete er es gegen den Felsen, und später suchte er damit den Himmel ab. Als er das Glas nach einer Weile vom Auge nahm, schien er etwas entdeckt zu haben. Er blickte die Jungen und Fräulein Astrid an. „Jetzt weiß ich, warum die Vögel sich nicht beruhigen wollen. Es sind die Seeadler. Dort oben kreisen zwei. Sicher glauben die Möwen, daß dieser Warnruf des Papageientauchers, den ich über Tonband abgespielt habe, sie vor den Seeadlern warnen sollte. Dabei war das alles als kleiner Spaß gedacht!"

Des Professors Miene zeigte Enttäuschung. Seine gute Laune war verflogen. Er fühlte sich mitschuldig, daß die Vögel nur zögernd zu ihren Eiern zurückkehrten. Asmussen packte verdrossen das Tonbandgerät zusammen.

Auf dem Rückweg konnte Sven den Blick nicht von den kreisenden Seeadlern über ihnen lassen. Statt beim Gehen auf die großen, herumliegenden Steine und auf die tückischen Höhlen der Papageientaucher zu achten, starrte er den majestätisch dahinschwebenden Vögeln nach. Er sah, wie sich die beiden immer höher in das Blau des Himmels schraubten und schließlich nur noch als winzige Punkte zu sehen waren. Er wünschte sich, diese Seeadler nicht immer nur aus der Ferne zu beobachten, sondern sie einmal aus der Nähe betrachten zu können. Jede Mühsal und Strapaze wollte er ertragen, um einmal ihren Horst mit den Eiern zu sehen.

Ähnliche Gedanken hatte auch Fräulein Astrid. Sie träumte von einem sensationellen Adlerfoto. Da sie dazu mit der Kamera möglichst nah an den Adler herankommen mußte, würde das aber nur am Adlerhorst möglich sein. Der Gedanke, den Adlerhorst zu fotografieren, ließ sie von nun an nicht mehr los.

Als sie am anderen Morgen alle vier beim Kaffeetrinken in der kleinen, engen Hütte waren, stellte sie dem Professor deswegen eine Frage.

„Sagen Sie mal, Professor“, begann sie, „warum meiden eigentlich die Seeadler unsere Insel? Warum brüten sie nicht hier? Ich habe in den Felsen so viele Nischen und Höhlen gesehen, wo ein Seeadler seinen Horst haben könnte. Sie könnten hier genauso jagen. Vögel gibt es ja auf Trenyken genug!“

„Natürlich gäbe es für die Adler hier eine ganze Menge zu jagen“, entgegnete der Professor. Er schob seine Kaffeetasse zur Seite und war wieder im Begriff, einen kleinen Vortrag zu halten. „Aber so ein Seeadler will auch seine Ruhe haben. Deswegen glaube ich, daß er niemals auf Trenyken brüten würde. Das ewige Gezänk der Möwen und der andauernde Spektakel der Alken wären einem Seeadler auf die Dauer einfach zu lästig. Deswegen brüten auch die beiden Seeadler, die wir gestern sahen, drüben am Blaufjell!"

Sven verschluckte sich fast, als er den Professor unterbrach und laut ausrief: „Das ist ja toll! Blaufjell ist doch die nächste Insel und liegt gerade zwei Kilometer von Trenyken entfernt. – Woher wissen Sie das eigentlich alles?" Sven war ganz aufgeregt. Asmussen lächelte amüsiert.

„Wenn man sich das ganze Leben nur mit der Erforschung der Vögel beschäftigt, dann bekommt man bald ein Gespür dafür, wo ein Vogel am liebsten brütet. Mit dem Fernglas kann man übrigens von hier aus die Lage des Adlerhorstes ausmachen."

Nun waren Fräulein Astrid, Sven und Jo nicht mehr länger am Kaffeetisch zu halten. Mit den Ferngläsern stürzten sie nach draußen und begannen die Felswände der Nachbarinsel Blaufjell abzusuchen. Asmussen folgte ihnen.

„Tut mir leid, aber ich kann keinen brütenden Adler erkennen", stellte Fräulein Astrid fest und ließ das Glas sinken.

„Den Adler können Sie auch nicht sehen, weil er bestimmt in einer Nische sitzt“, antwortete Asmussen.

Fräulein Astrid seufzte: „Für das Foto eines brütenden Adlers würde ich jede Strapaze auf mich nehmen ...“

Da drehte sich der Professor zu ihr um und drohte schelmisch mit dem Zeigefinger. „Meine Liebe“, spottete er, „ich glaube, Seeadler sind nichts für Damen aus der Stadt. Lassen Sie die lieber in Ruhe. Die Adler greifen nämlich oft an, wenn jemand den Versuch macht, an die Eier heranzuklettern. Außerdem ist die Felswand sehr gefährlich. Sie würden sich bei der Kletterei bestimmt den Hals brechen!“ Fräulein Astrid wurde verlegen und errötete leicht.

Sven prüfte mit dem Fernglas nochmals das Felsgelände um Blaufjell. Darauf wandte er sich an Asmussen: „So gefährlich finde ich die Felswand dort drüben gar nicht. Mit unserer Strickleiter und mit einem haltbaren Seil könnten wir dem Seeadler schon recht nahe rücken!“

Asmussen wurde ernst. „Was willst du tun, Sven, wenn du kletterst und dich plötzlich der Adler angreift? Seine Flügelspannweite beträgt bis zu zweieinhalb Meter. Er hat ungeheure Kräfte, einen gefährlichen Schnabel, und seine Klauen sind wie Dolche!“

Von nun an dachte Sven Tag und Nacht an die Adler und ihren Horst auf der Nachbarinsel. Immer wenn er am Ufer entlanglief oder in den Felsen herumkletterte, hielt er nach den Seeadlern Ausschau. Er sah sie oft, aber immer nur einen allein. Sven war sicher, daß dann der andere drüben im Horst auf den Eiern saß und brütete.

Meist war es Nachmittag, wenn Sven den Adler über dem Meer erkannte. Dann kam er von der Jagd zurück. Im Tiefflug strich er über die Wasserfläche. Keine Möwe sah und belästigte ihn dann. Wenn er sich Blaufjell bis auf wenige hundert Meter genähert hatte, schraubte er sich langsam nach oben. Hatte er genug Höhe erreicht, verschwand er drüben hinter dem Felsen, und Sven sah nichts mehr von ihm.

Auch Fräulein Astrid ließ den Seeadler nicht mehr aus den Augen. Wenn sie ihn sah, unterhielt sie sich mit Sven darüber. Sie hatte ihren Plan, den Adlerhorst zu fotografieren, noch längst nicht aufgegeben. Eines Tages glaubte sie, es sei nun an der Zeit, Sven ihren Plan anzuvertrauen. Sven, Jo und sie selber saßen gerade bei einem munteren Schwatz zusammen.

„Sven, ich habe einen riesengroßen Wunsch, den du mir nicht abschlagen darfst“, begann sie und sah Sven bittend an.

Sven blinzelte sie verständnisvoll an. „Ich glaube, ich kenne Ihren Wunsch. Sie wollen bestimmt mit der Jolle hinüber nach Blaufjell zu den Seeadlern, und ich soll Ihnen dabei helfen. Ist es nicht so?“

Fräulein Astrid nickte. „Du hast es erraten!“ Nun begann sie sehr eindringlich auf Sven einzureden.

Sie wußte genau, daß sie ohne seine Hilfe niemals nach Blaufjell oder gar in die Nähe des Adlerpaares gelangen konnte. In ihrem Eifer, Sven von ihrem Plan zu überzeugen, hörte sie gar nicht wieder auf zu reden.

Währenddessen beobachtete Jo, der am Gespräch gar nicht beteiligt war, die Fotografin aufmerksam von der Seite und dachte über sie nach. War dieses Fräulein Astrid dieselbe Person, die noch vor ein paar Tagen Angst hatte, in den Felsen herumzuklettern? Sie mußte sich in ihrem Wesen gewandelt haben. Sie schminkte sich nicht mehr die Lippen und trug auch keine unpraktischen Hosen oder Pullover mehr. Sie war nun mit Jeans bekleidet und hatte sich den windfesten Anorak vom Professor ausgeliehen. Auch ihr Gesicht wirkte nicht mehr so bleich wie am Anfang der Reise. Es hatte eine gesunde, braune Farbe bekommen, und ihre blauen Augen strahlten vor Unternehmungslust. Zweifellos gefiel ihr jetzt das primitive Leben auf der Vogelinsel auch.

Aber Jo fand, daß es töricht von ihr war, sich in ein gefährliches Abenteuer stürzen zu wollen. Fräulein Astrid fehlte jede Erfahrung mit Boot und Kletterseil. Und was war mit Sven? Der war geradezu in den Gedanken vernarrt, die Seeadler im Horst zu beobachten. Jedes warnende Wort von Jo wäre umsonst gewesen . . .

Zwei Ausreißer werden entdeckt

Dann gab es einen Tag schlechtes Wetter. Es nebelte und regnete. Fräulein Astrid und Sven machten den ganzen Tag einen mißmutigen Eindruck. Der darauffolgende Tag war dafür um so schöner. Die Sonne strahlte vom Himmel. Es war warm und windstill. Menschen und Tiere spürten, daß es nun Sommer wurde.

Längst hatten alle Vögel ihre Eier gelegt und hockten in ihren Nestern oder auf den Felsbändern und brüteten geduldig. Manchmal wechselten sich Männchen und Weibchen ab, damit der andere auf Nahrungssuche gehen konnte. Professor Asmussen wartete mit Spannung auf den Tag, an dem er endlich die geschlüpften Küken entdecken würde. Aber noch war es nicht soweit.

Asmussen und Jo waren heute frühzeitig aufgestanden. Sie wollten das schöne Wetter nutzen, um so zeitig wie möglich ihren täglichen Rundgang um die Insel zu beginnen.

So verging der frühe Morgen mit dem Beobachten einzelner Alken und Möwen. Hierbei machte sich Asmussen wie üblich eine Menge Notizen.

Als es dann Mittag wurde, erkletterten Jo und der Professor den südlichen Vogelberg. Oben angekommen, ruhten sie sich erst einmal von dem anstrengenden Anstieg aus. Sie lagerten auf einem Grasfleck, von wo aus sie einen herrlichen Rundblick hatten. Schweigend verzehrten sie ihre Brote und ließen ihre Blicke über die anderen Inseln wandern.

Wie an jedem Tag, so strich auch an diesem Mittag einer der beiden Seeadler im Tiefflug über das Wasser. Es war sehr klug von dem Adler, so tief zu fliegen, denn so entdeckten ihn die Möwen zu spät, um ihm folgen und ihn belästigen zu können. Der Seeadler befand sich wieder auf dem Flug zum Horst, und Asmussen hatte ihn entdeckt.

„Schau mal, da ist der Seeadler wieder! Gleich fängt er zu kreisen an. Wenn er dann genug Höhe hat, fliegt er seinen Horst an", machte der Professor Jo auf den Adler aufmerksam. Dann schwieg er, und beide blickten dem Seeadler nach, bis er hinter der Felswand verschwunden war.

Als der Professor den Blick von der Felswand abwandte und wieder über das Meer wandern ließ, glaubte er plötzlich einen hellen Gegenstand im Wasser treiben zu sehen, und zwar genau in der schmalen Meerenge vor ihm zwischen der benachbarten Insel Blaufjell und ihrer Insel Trenyken.

„Hm! – Was mag das nur sein?“ wunderte er sich, kniff die Augen zusammen und schaute genauer hin.

„Donnerwetter, das sieht ja bald aus, als wenn sich dort unser Ruderboot bewegt!“ rief er aus. „Seltsam, seltsam ... Gib mir mal schnell das Fernglas herüber! Es muß dort im Rucksack sein“, bat er Jo, der mit sichtlich verlegenem Gesicht hinter ihm saß. Jo schnürte den Rucksack auf, kramte mit leicht rotem Kopf darin herum und reichte dem Professor das Fernglas.

Asmussen preßte das Glas nun fest ans Auge und blickte eine ganze Weile aufmerksam hindurch. Als

er es wieder absetzte, sah Jo, wie wütend der Professor jetzt war.

„Solch eine riesengroße Frechheit. Es ist fast ein Skandal", empörte sich Asmussen. „Dort unten im Ruderboot sitzen dein Freund Sven und Fräulein Astrid und rudern in Richtung Blaufjell. Währenddessen laufe ich wie ein alter, einfältiger Tropf ahnungslos durch die Vogelberge und weiß von alledem nichts. Diese beiden Dummköpfe ahnen ja überhaupt nicht, wie gefährlich es ist, mit der kleinen Jolle in der unberechenbaren Strömung herumzurudern! Wenn ich jetzt bloß ein Motorboot hier hätte, dann würde ich die beiden sofort zurückholen, ehe sie auf Blaufjell noch andere Verrücktheiten anstellten. Sicher wollen sie die Seeadler fotografieren. Diese blöde Idee hat sich sicherlich Fräulein Astrid einfallen lassen und Sven zum Mitfahren überredet . . ."

Der Professor war so zornig, wie ihn Jo bisher noch nie erlebt hatte. Er schimpfte ohne Unterbrechung.

Dem armen Jo war der ganze Zwischenfall schrecklich peinlich. Die beiden Ausreißer hatten ihm nämlich schon am vorletzten Abend ihren Plan verraten. Sie hatten ihm mit großer Geheimnistuerei erzählt, daß sie so bald wie möglich mit der Jolle nach Blaufjell hinüberrudern wollten.

Sie hatten nur auf besseres Wetter gewartet, und das hatten sie ja heute. Sie hatten ihn auch inständig gebeten, dem Professor kein Wort von ihrem Vorhaben zu erzählen. Fräulein Astrid befürchtete nämlich, daß ihnen Asmussen den Besuch auf Blaufjell verbieten würde. Die beiden hatten gehofft, daß der Professor von ihrem unerlaubten Ausflug nichts bemerken würde, wenn sie nur am Abend rechtzeitig wieder zurück wären. Aber das war eine törichte Hoffnung gewesen, denn das Boot war ja in der schmalen Meerenge leicht zu erkennen.

Nun war also der von Jo befürchtete Augenblick gekommen, daß der Professor die beiden Ausreißer entdeckt hatte.

„Und was ist mit dir?“ herrschte Asmussen den armen Jo an, der, wenn er auch von dem Vorhaben wußte, an der Eigenmächtigkeit der beiden schuldlos war.

„Hast du denn nichts von dem Plan der beiden gewußt?“ fragte Asmussen weiter.

Jo schwieg und schlug verlegen die Augen nieder. Was hätte er auch sagen sollen?

Wütend, ohne weitere Fragen zu stellen, drehte sich der Professor um. Er war sehr, sehr verärgert, daß hinter seinem Rücken von den anderen heimliche Pläne geschmiedet und durchgeführt wurden. Warum hatten die beiden denn nicht seine Erlaubnis für ihren Ausflug nach Blaufjell eingeholt? Statt dessen stürzten sie sich jetzt in solche unnötigen Abenteuer. Sie hätten mehr Vertrauen zu ihm haben sollen. Er war von Sven und Fräulein Astrid enttäuscht. Er fand das Benehmen der beiden so kindisch, daß er beschloß, Jo gegenüber kein Wort mehr über diese dumme Sache zu verlieren.

Jo war natürlich überrascht, als der Professor plötzlich so tat, als sei nichts geschehen, und vorschlug, weiterzugehen und drüben auf der anderen Seite abzusteigen. Jo war sehr erleichtert, daß nicht mehr von den beiden Ausreißern gesprochen wurde.

Ein Auftrag für Jo

Was jedoch wollte Professor Asmussen auf der anderen Bergseite untersuchen? Steil fallen dort die Felswände zum Meer ab, und es ist gefährlich, in diesen schroffen Felsbildungen herumzuklettern. Außerdem gab es auf den unzugänglichen Felsvorsprüngen lediglich die großen schwarz-weißen Trottellummen, die dort brüteten. Doch für Asmussen war es wichtig, endlich auch an einige Trottellummen-Eier heranzukommen, die er untersuchen wollte. Wenn erst einmal die Küken aus den Eiern geschlüpft waren, wäre es zu spät dafür.

Der Professor beschloß nun, noch heute mit dem Sammeln von Trottellummen-Eiern zu beginnen.

Heiser klang das gurrende Gekrächz und Gekreisch der Trottellummen bis zum Felsgipfel hinauf, wo Asmussen und Jo standen. Jo begann zu überlegen, warum diese Alken Trottellummen genannt werden.

Ob es sich bei ihnen um eine besonders „trottelige" Alkenart handelte? Jo hatte sie in diesen Tagen oft beobachtet. Er fand, daß sie im Aussehen den Pinguinen sehr stark ähnelten, die er von Bildern her kannte. Wie alle Alken, so sind auch diese Trottellummen sehr schlechte Flieger. Das ist nicht verwunderlich, denn sie haben nur kurze „Mini-Flügel", mit denen sie sich schlecht in der Luft halten können. Jo fand, daß diese Vögel zwar miserable Flieger waren, aber sich sonst gar nicht so trottelig und dumm anstellten. Sie mußten ihren Namen zu Unrecht tragen.

Sehr klug hatten sie ihre Eier im steilen Fels auf jene Vorsprünge gelegt, wo sie vor dem Zugriff ihrer Feinde geschützt waren. Nur wer Mut besaß, sich in der steilen Felswand abzuseilen, konnte der Trottellummen-Eier habhaft werden.

Asmussen räusperte sich.

„Ich weiß, daß du ein guter Kletterer bist und schwindelfrei dazu", sprach er Jo an. „Kannst du mir nicht einen großen Gefallen tun und dich am Seil die Felswand herunterlassen, um ein paar Eier für mich einzusammeln? Du weißt ja, es ist für die Wissenschaft!"

Jo konnte ein verschmitztes Lächeln nicht unterdrücken. Er wußte, daß alles, was der Professor tat, für die Wissenschaft war. Er hatte es oft von Asmussen zu hören bekommen. Aber er konnte sich trotzdem nicht recht vorstellen, was es der Wissenschaft nützen sollte, wenn er im Felsen für den Professor Trottel-lummen-Eier sammelte.

„Natürlich kann ich das", erklärte Jo bereitwillig. Er war froh, daß er dem Professor einen Gefallen tun konnte und daß Asmussen nicht mehr über die beiden Ausreißer sprach. Sicher waren Sven und Fräulein Astrid inzwischen drüben auf der Adlerinsel angekommen; Jo war jetzt mit seinen Gedanken oft bei ihnen.

Asmussen konnte sich sehr wohl vorstellen, daß Jo nicht begriff, wie wichtig es für seine wissenschaftliche Arbeit war, die Eier der Alken zu untersuchen. Er beschloß, es Jo zu erklären.

„Weißt du eigentlich, zu welchem Zweck ich die Vogeleier brauche?" begann er mit einer Frage.

Jo schüttelte verneinend den Kopf. Er wollte Asmussen nicht so offen ins Gesicht sagen, daß er seine Arbeit für ziemlich nutzlos hielt, und schwieg daher.

„So will ich es dir erklären", setzte Asmussen zu seinem Vortrag an. „Zunächst muß ich die Dicke der Eierschalen vermessen. Zum anderen will ich mir die Zusammensetzung des Eidotters und des Eiweißes in der Hütte unter dem Mikroskop ansehen. Bei meinen Untersuchungen habe ich schon manches Mal unerwartete Entdeckungen gemacht. In diesem Sommer will ich beispielsweise auch herausbekommen, ob diese Alken Spuren eines schädlichen chemischen

Pflanzenschutzmittels im Fett oder im Fleisch haben. Bei einigen Meeresvögeln in Südnorwegen habe ich vor einem Jahr erschreckend viel davon festgestellt."

Asmussen machte eine kleine Pause und holte Atem. Auch Jos Miene entspannte sich, denn er hatte angestrengt zugehört. Es fiel ihm nicht leicht, den Erklärungen des Professors zu folgen. Eine ganz andere Welt als jene, die er kannte, tat sich vor ihm auf: es war die Welt der wissenschaftlichen Forschung.

Asmussen fuhr in seinem Vortrag fort. Er vergaß in seinem Eifer völlig, wen er vor sich hatte, und sprach fast so gelehrt wie ein würdiger Professor vor seinen Studenten an der Universität.

„Es ist nämlich so, daß dieses chemische Pflanzenschutzmittel nach dem letzten Krieg überall in der Welt eingesetzt wurde, um lästige Insekten zu töten. Von Flugzeugen und Hubschraubern aus wurden ganze Landstriche damit besprüht: in Afrika, in Asien, in Amerika und auch bei uns. Dieses chemische Mittel gelangte durch den Regen in die Flüsse und später ins Meer. Jetzt ist sogar das Meer teilweise damit verseucht, und viele Alken haben es mit ihrer Nahrung aufgenommen. Wenn ich das Fleisch oder das Fett solcher Alken untersuche, werde ich bestimmt Spuren dieses Insektenvertilgungsmittels darin finden."

„Puh", stöhnte Jo, „ist das schwierig! Wie heißen denn diese Pflanzenschutzmittel?"

„Es gibt mehrere. Eines davon ist zum Beispiel das DDT", erklärte Asmussen.

„Und sind denn diese Pflanzenschutzmittel sehr gefährlich für die Alken?" forschte Jo weiter.

Asmussen zuckte mit den Schultern. „Das läßt sich nicht immer mit Bestimmtheit klären. Aber ich habe festgestellt, daß bei manchen Alken dann die Eierschalen sehr dünn sind. Warum das so ist, müssen wir noch erforschen. Wenn aber die Eierschalen zu dünn sind, dann zerbricht das Ei, bevor es überhaupt ausgebrütet wurde . . ."

„Ja. Das wäre schlimm. Dann würden keine Küken mehr schlüpfen, und die Alken würden aussterben!" rief Jo aus. Asmussen lachte.

„Du hast richtig gefolgert", sagte er. „Aber so schlimm ist es noch nicht. Noch besteht keine Gefahr für die Alken. Aber es ist eine unserer Aufgaben, die Menschen rechtzeitig zu warnen, damit eine solche Katastrophe auch bei den Seevögeln nie eintreten wird. Deswegen brauche ich einige Trottellummen-Eier, um die Dicke der Eischalen zu messen."

Noch einmal bat Asmussen den Lappenjungen, ob er nicht für ihn, genaugenommen: für die Wissenschaft, den steilen Felsen hinunterklettern könnte, um ihm ein Dutzend Trottellummen-Eier zu besorgen. Ja – das wollte Jo gern tun!

Jo streifte den Rucksack vom Rücken, denn der würde ihm bei der bevorstehenden Kletterei sehr hinderlich sein. Asmussen nahm nun das Bergsteigerseil heraus und verknotete das eine Seilende kreuzweise vor Jos Brust.

„Ist alles okay?“ fragte Asmussen.

Jo nickte. „Es ist alles in Ordnung“, erwiderte er. Dann ließ er sich langsam am Seil die steile Felswand hinunter. Asmussen stand währenddessen oben auf dem Felsgipfel und sicherte sorgfältig das Seil, damit Jo kein Unglück zustieße.

Schon immer war für Jo das Klettern in den steilen Felsen sehr aufregend. Auch jetzt klopfte ihm das Herz bis zum Halse, als er einen Blick hinunter in die schwindelnde Tiefe warf.

Da sah er deutlich, nur etwa zehn Meter unter sich, eine kleine Gruppe Trottellummen auf einem Felsvorsprung hocken. Da Alken sehr schlecht sehen, verrenkten sie neugierig den Kopf, um zu erkennen, was für ein komisches Wesen da am Seil herunterschwebte. Immer mehr kam Jo jetzt in die Nähe der Trottellummen, ohne daß diese Anstalten zum Wegfliegen machten. Nun fand Jo, daß sich die Vögel wirklich „trottelig“ benahmen. Erst als er einen der Vögel schon fast mit der Stiefelspitze berührte, flogen alle hastig davon. Deutlich verspürte Jo den scharfen Luftzug an seinem Hosenbein und zuckte erschrocken zusammen.

Da bekamen Jos Füße Halt auf dem Felsvorsprung, auf dem eben noch die Trottellummen gehockt hatten.

Schutzlos lagen die zurückgelassenen Eier jetzt auf dem blanken Fels. Alken bauen keine Nester, und die Trottellummen hatten die Eier einfach auf die Steine gelegt. Jo vermutete, daß sie bei einer leichten Berührung sofort ins Rollen kämen und dann über den Felsrand rollen würden. Er wunderte sich, daß dies nicht schon vorhin passiert war, als die Alken in wilder Panik an seinen Hosenbeinen vorbeistoben.

Jo nahm ein Ei in die Hand. Es hatte eine wunderbare Farbe; es leuchtete in Türkis und zeigte bräunliche Tupfen. Es war fast doppelt so groß wie ein Hühnerei. Jo spürte die Wärme, die von dem Ei ausging. Zärtlich strich er über die Schale. Dabei meinte er, das krabbelnde Küken da drinnen fühlen zu können. Hatte es eben nicht auch aus dem Ei herausgepiepst? Jo hielt das Ei ans Ohr, konnte aber nichts vernehmen. Vielleicht hatte er sich auch getäuscht.

Es tat Jo schrecklich leid, daß er den Trottellummen so einfach die sorgfältig bebrüteten Eier wegnehmen sollte. Wer weiß, dachte er, ob die Trottellummen für das geraubte Ei noch ein Ersatzei legen würden. Jo wußte, daß sein Handeln brutal war. Es war wohl auch sinnlos, den Professor darum zu bitten, auf den Eierraub zu verzichten.

Der würde ihn nur trösten und sagen: „Aber Jo! Mach dir doch deswegen keine Gewissensbisse. Die Eier brauchen wir für die Wissenschaft. Da ist vieles erlaubt, was sonst nicht erlaubt werden darf!“

Als Jo jetzt das türkisfarbene Ei in der Hand hielt, gingen ihm so mancherlei Gedanken durch den Kopf. Die Zeit verstrich, und er vergaß den wartenden Professor oben auf dem Felsgipfel. Unterdessen machte sich Asmussen langsam Sorgen, daß Jo unten etwas zugestoßen sei. Es war so seltsam still dort unten in der Felswand geworden.

„Hallo, Jo", rief Asmussen nach einer Weile. „Warum kommst du denn nicht hoch? Ist etwas passiert?"

„Es ist schon alles okay, Professor!" rief Jo zurück. „Ich muß nur noch die Eier sicher verwahren. Sie müssen noch ein bißchen Geduld mit mir haben. Dann können Sie mich wieder hochziehen!"

Jo überlegte. Wohin sollte er nur die vielen Eier packen, da er doch weder einen Eimer noch einen Beutel dafür mitgenommen hatte! In der Hand konnte er sie jedenfalls nicht behalten. Beide Hände brauchte er zum Klettern. Da kam Jo auf eine Idee. Er verstaute die Eier einfach hinten in seiner Anorakkapuze; dort lagen sie sicher.

Dann faßte Jo das Seil, zog dreimal kräftig daran und gab dem Professor damit das Zeichen, daß er ihn wieder hochziehen konnte.

Als Jo oben ankam, wunderte sich Asmussen, wo Jo bloß die gesammelten Eier gelassen habe. In den Hosentaschen hatte er sie doch wohl nicht verwahrt; denn dort wären sie ihm sofort zerbrochen. Da griff

Jo nach hinten in die Anorakkapuze und beförderte ein Ei nach dem anderen heraus.

Asmussen blickte Jo verblüfft an. Dieser Lappenjunge wußte sich wirklich in jeder Situation zu helfen. Auf den Gedanken, die Eier in der Anorakkapuze zu verwahren, wäre er wohl nicht gekommen. Asmussen wollte sich diesen Trick gut merken. Während der Professor die Eier im Rucksack vorsichtig zwischen Moosen und Gräsern einbettete, legte Jo das lange Bergsteigerseil zusammen.

Beide hatten noch immer nicht den kleinen Kutter bemerkt, der sich schon seit geraumer Zeit der Insel Trenyken näherte. Erst als ein heiseres Tuten des Signalhorns die Vögel in den Felswänden auffliegen ließ, wurden Asmussen und Jo auf das Fahrzeug aufmerksam.

„Der alte Kersten kommt und bringt Post! Welche Überraschung!" rief Asmussen erfreut aus.

Da beeilten sich die beiden, rasch zum Ufer hinunterzuklettern, um den alten Fischer zu begrüßen.

Auf der Suche nach dem Adlerhorst

Und wie war es nun den beiden Ausreißern, Fräulein Astrid und Sven, auf ihrem unerlaubten Ausflug ergangen?

Am Morgen jenes ereignisreichen Tages waren Sven und Fräulein Astrid noch vor dem Professor in aller Frühe aufgestanden. Sie wollten damit vermeiden, daß der Professor sie beim Weggehen noch fragen könnte, welche Pläne sie für den heutigen Tag hätten. Es wäre ihnen dann nichts weiter übrig geblieben, als Asmussen ihr Vorhaben zu gestehen.

Hastig hatten sie die Kameras, Filme, ein paar belegte Brote und eine Strickleiter in ihren Rucksack gepackt. Diese schwere Strickleiter nahm den meisten Platz im Rucksack ein. Sie wollten sie später auf Blaufjell zum Einsteigen in den Adlerhorst benutzen.

Darauf waren Fräulein Astrid und Sven schnell hinuntergeeilt zum Ufer, wo die Jolle lag. Aber dann kam manches anders, als die beiden es sich vorgestellt hatten. Ausgerechnet an diesem Tag war frühmorgens Ebbe.

„Ach du liebe Güte! Das hat uns gerade noch gefehlt“, schimpfte Sven, als er bemerkte, daß der Wasserspiegel um mehrere Meter gesunken war. Ihr Boot lag jetzt weit oben auf dem Trockenen.

Er raufte sich verzweifelt die blonden Haare. Er wußte ganz genau, welche Schufterei es für sie wäre, die Jolle über den glitschigen Blasentang ins offene Fahrwasser zu tragen. Eine Menge Zeit würden sie dadurch verlieren.

So wurde es dann später Vormittag, als sie das Ruderboot endlich startklar hatten. Sie ahnten auch,

daß der Professor jetzt sicher seinen üblichen Inselrundgang begann. Sie wußten, wie leicht Asmussen ihr Boot in der Meerenge ausmachen konnte. Sven und der Fotografin wurde unbehaglich zumute bei dem Gedanken, daß der Professor auf dem Vogelfelsen von Trenyken stehen und ihren Ausflug mit dem Ruderboot durch das Fernglas beobachten könnte. Sie hatten ein schlechtes Gewissen.

Langsam entfernte sich die Jolle von Trenyken. Auf der vorderen Ruderbank hockte Sven, während auf der hinteren Fräulein Astrid saß. Auch sie hatte ein Ruderpaar in ihren Händen und half beim Rudern nach besten Kräften mit; doch hätte sie das lieber nicht tun sollen. In der Mitte der Meerenge geriet das Boot unvermutet in große Wellentäler hinein; mächtige Wellenberge, die ungehindert vom Atlantik heranrollten, folgten.

Wie eine Nußschale hüpfte das kleine zerbrechliche Fahrzeug auf und nieder. Sven machte diese starke Dünung nicht viel aus. Es war nicht das erste Mal, daß er mit einem kleinen Fahrzeug in solchen Wellentälern herumruderte, denn schließlich war er ja an der Küste groß geworden. Er wußte, daß es wichtig war, jetzt einen klaren Kopf zu behalten.

Solange sich keine weißen Schaumkronen auf den Spitzen der Wellenberge zeigten oder sich die Wellen gar überschlugen, bestand keine Gefahr.

Aber das wußte natürlich das arme Fräulein Astrid nicht. Als sie das Boot in den Wellentälern auf und nieder tanzen sah, glaubte sie an echte Lebensgefahr. Auf einmal bereute sie, sich in ein solches Abenteuer gestürzt zu haben. Schreckensbleich schrie sie los: „Hilfe, Hilfe! Wir kentern ..."

„Verdammt!" fluchte Sven auf etwas unfeine Art, da er doch eine Dame im Boot hatte. Er war jetzt wütend geworden, da Fräulein Astrid in ihrer heillosen Angst das eine Ruder losgelassen hatte. Sven versuchte es aus dem Wasser zu fischen. Bei der andauernden Schaukelei war das gar nicht so einfach.

Schließlich bekam er es doch zu fassen und warf es ins Boot. Dann begann Sven mit allen Kräften zu rudern und war froh, als er das Fahrzeug bald wieder in ruhigerem Fahrwasser hatte.

„Was bin ich dem Himmel dankbar, daß wir noch einmal mit dem Leben davongekommen sind. Noch nie habe ich dem Tode so deutlich ins Antlitz geschaut wie eben!" seufzte Fräulein Astrid erschöpft.

Sven versuchte ein Grinsen zu verbergen, was ihm nicht ganz gelang. Es war wohl freundlicher ihr gegenüber, zu verschweigen, daß sie nur in eine ganz gewöhnliche Atlantikdünung hineingeraten waren. Keine Sekunde hatten sie in wirklicher Lebensgefahr geschwebt. Warum sollte Fräulein Astrid nicht glauben, heute ein tollkühnes Seeabenteuer bestanden zu haben?

Es dauerte nun nicht mehr lange, bis das Boot das Ufer von Blaufjell erreichte. Fräulein Astrid und Sven zogen es erst einmal hoch auf das Trockene und schauten sich dann um.

Wie oft hatten sie von Trenyken aus sehnsüchtig hier herübergeblickt! Nun waren sie also auf der Adlerinsel angekommen. Doch bald stellten sie fest, daß es auf Blaufjell eigentlich gar nicht so viel anders aussah als auf Trenyken.

Die Insel war nur viel kleiner als Trenyken und hatte nicht drei Inselberge, sondern nur einen. Dieser Inselberg erschien den beiden dafür viel steiler als die drei von Trenyken.

Hier am Ufer, wo sie gelandet waren, stieg der Felsen senkrecht nach oben, und irgendwo hoch über ihnen mußte der Adlerhorst liegen.

„Und was machen wir jetzt?" fragte Fräulein Astrid, wieder unternehmungslustig geworden, nachdem sie sich vom Schrecken der Überfahrt erholt hatte. Sie dachte nur noch an ihre Adlerfotos.

„Ja, was machen wir jetzt?" brummte Sven zunächst ratlos. Er erkannte, daß es unmöglich war, diesen Felsen von hier aus zu erklettern. Selbst für einen trainierten Bergsteiger wäre die Wand gefährlich.

Sven zuckte mit den Schultern. „Es gibt nur eine Möglichkeit für uns", sagte er nach einigem Überlegen. „Wir müssen den Inselfelsen von der anderen

Seite erklimmen. Wenn wir dann oben auf der Felsspitze sind, müssen wir versuchen, von dort mit der Strickleiter zum Adlerhorst hinunterzusteigen."

Sven nahm den großen, schweren Rucksack auf den Rücken, und die beiden machten sich auf den Weg zum Adlerhorst.

Die Bergspitze war von der anderen Seite ziemlich rasch erklommen, denn Sven und die Fotografin waren sehr schnell gestiegen. Freilich hatte der Rucksack Sven viel zu schaffen gemacht. Jetzt mußten beide erst einmal verschnaufen.

Von hier oben hatten die beiden einen herrlichen Rundblick. Ihnen genau gegenüber lag die viel größere Insel Trenyken mit ihren drei höckerartigen Vogelbergen, auf denen Asmussen und Jo sicher gerade irgendwelche Alken beobachteten. Weiter im Norden blinkten in der Ferne die bunten Holzhäuser vom Fischerdorf herüber.

Doch waren Sven und Fräulein Astrid nicht auf die Spitze des Inselberges geklettert, nur um die schöne Aussicht zu genießen. Sie waren beide begierig darauf, den Adlerhorst zu finden. Er mußte nach Svens Schätzung direkt unter ihnen in der steilen Felswand liegen. Fräulein Astrid tastete sich erst einmal vorsichtig bis zum Rande des Felsabgrundes und schaute hinunter. Tief unter ihr glitzerte silbrig das Meer. Da wurde ihr plötzlich schwindelig, und sofort trat sie einige Schritte zurück. Ihr Gesicht war bleich geworden.

„Meinst du wirklich, daß wir es schaffen, bis zu den Seeadlern hinunterzusteigen?“ fragte sie zaghaft. Dann gestand sie Sven: „Ich habe einfach große Angst, dort hinunterzuklettern! Und was sollen wir machen, wenn die Seeadler kommen und uns angreifen?“

Sie blickte sich ängstlich um, als erwartete sie, daß im nächsten Augenblick ein Seeadler vom Himmel heruntergeschossen käme.

Als Sven nach ihr in die Tiefe hinabgeblickt hatte, war auch ihm eine dünne Gänsehaut über den Rücken gelaufen. Aber er wollte sich seine Furcht möglichst nicht anmerken lassen.

„Ich muß nur eine Stelle finden, wo ich den Fels ein Stück hinunterklettern kann, ohne gleich die Strickleiter oder das Seil benutzen zu müssen“, erklärte er ihr. Schließlich rief er nach einer Weile: „Hier geht's! Hier kann ich absteigen.“

Dann bat er Fräulein Astrid, ihm Seil und Strickleiter aus dem Rucksack zu reichen. Er glaubte zwar nicht, daß er sie brauchte, denn der Felsen hatte hier viele Vorsprünge und Ritzen zum Festhalten. Es war aber auf jeden Fall besser, sie bei sich zu haben. Als er mit dem Abstieg begann, merkte er allerdings, daß die Kletterei im Fels doch nicht so leicht war, wie er es sich am Anfang vorgestellt hatte. Immer wieder mußten seine Finger nach Kanten und Rissen im Fels tasten, damit er Meter für Meter weiter nach unten steigen konnte.

Wenn ich jetzt ausrutsche oder wenn mich der Seeadler entdeckt und angreift, dann bin ich verloren, dachte Sven. Doch war es besser, sich auf die Griffe im Fels zu konzentrieren, als an solche schlimmen Möglichkeiten zu denken.

Nun kam eine Stelle, wo es Sven ohne Hilfe der Strickleiter nicht mehr schaffte. Er faltete sie auseinander, band sie an einem Felsblock fest und begann vorsichtig auf ihr nach unten zu steigen. Aber oh weh! Durch Svens Tritte kam die Strickleiter sofort ins Schwingen. Heftig pendelte sie nach links und rechts. Sven klammerte sich erschrocken an ihr fest – so hörte allmählich ihr Schwingen auf. „Verflixte Strickleiter!“ schimpfte Sven leise vor sich hin.

Da hatte er die letzte Sprosse erreicht. Er verharrte und hielt erst einmal Umschau. Ob der Adlerhorst hier in der Nähe war? Da sah er, daß sich drei Meter unter ihm ein Felsvorsprung zeigte. Nun ärgerte er sich, daß die Strickleiter nicht ein paar Meter länger war. Dort unten auf dem Felsvorsprung hätte er bequem stehen können und später ohne Strickleiter weiterklettern können. Doch Sven hatte ja ein Reserveseil mit. Das wollte er jetzt an der unteren Sprosse festbinden, um sich dann daran bis zum Felsvorsprung hinunterzulassen.

Als er sich nun bückte, um das Seil zu verknoten, fiel sein Blick fast dreißig Meter tiefer. Noch einmal blickte er hinunter. Hatte er nicht eben eine Bewegung im Fels wahrgenommen?

Da erstarrte Sven und wagte kaum noch zu atmen: Halb verdeckt durch den Felsüberhang, sah er zwischen angesammeltem dünnem Reisig den brütenden Seeadler hocken. Endlich hatte er den Adlerhorst entdeckt! Sven frohlockte. Dabei war er so aufgeregt, daß er sein Herz klopfen hörte. Es schlug so laut, daß er meinte, der Seeadler müsse es auch hören.

Aber der hatte anscheinend noch gar nicht bemerkt, wie nah Sven ihm war. Unentwegt starrte er über den Horstrand hinaus auf das offene Meer. Es war ein riesiger Vogel. Sven konnte erkennen, daß die Schwingen dunkelbraun waren. Zum Hals und zum Kopf hin wurden die Farben der Federn heller. Sie schimmerten gelb und teilweise schmutzigweiß in der Sonne. Am eindrucksvollsten fand Sven den Schnabel. Er war stark gekrümmt und von gelber Farbe. Deutlich hob er sich gegen die dunkle Felswand ab. Er war so auffällig, daß Sven eigentlich erst durch ihn auf den brütenden Adler aufmerksam geworden war.

Da hing nun Sven in der untersten Sprosse seiner zu kurzen Strickleiter und wagte nicht, sich zu bewegen, um den brütenden Seeadler bloß nicht von den Eiern aufzuschrecken. Er versuchte sich vorzustellen, was der Adler wohl tun würde, wenn er ihn entdeckte. Würde er auf den Eiern hocken bleiben, oder würde er flüchten? Vielleicht würde er sich auch wütend auf ihn stürzen. Sein spitzer Schnabel und seine scharfen Klauen sind mörderische Waffen. Sven wußte es.

Bei all seinen Überlegungen vergaß Sven den zweiten Seeadler, der gerade von der Jagd zurückkehrte. Schon aus weiter Ferne entdeckte dieser mit seinem scharfen Blick die fremde Gestalt in der Nähe des Horstes. Der Raubvogel war erbost über den frechen Störenfried, der sich in die Nähe seines Horstes gewagt hatte. Wütend schraubte er sich in die Höhe. Dann schoß er mit voller Geschwindigkeit von oben auf die fremde Menschengestalt zu.

Währenddessen stand Sven ahnungslos auf der untersten Sprosse seiner Strickleiter.

Plötzlich hörte er ein lautes Rauschen in der Luft, dann sah er einen dunklen Schatten auf sich zuschießen, und für einen Augenblick verdunkelte sich über ihm der Himmel. Sven erschrak über den unerwarteten Angriff des heranschießenden Adlers fast zu Tode. Beinahe hätte er die Strickleiter losgelassen. Schon meinte er, die äußeren Spitzen der Schwingen würden ihn treffen, oder die scharfen Krallen würden sich in seinen Körper bohren. Doch so blitzschnell, wie der Seeadler aufgetaucht war, so plötzlich war er auch wieder verschwunden. Sven atmete erleichtert auf. Diese Begegnung mit dem Seeadler war noch einmal gut ausgegangen.

Inzwischen war auch der im Horst brütende Adler durch den anderen gewarnt worden.

Mißtrauisch war er vom Horst fortgeflogen und ließ die Eier ungeschützt zurück. Beide Seeadler zogen jetzt über dem Felsen enge Kreise und beobachteten genau Svens Verhalten. Die kleinste Bewegung von ihm würden die beiden mit ihren scharfen Augen wahrnehmen. Einem Adlerblick entgeht nichts.

Sven befand sich jetzt in einer sehr gefährlichen Situation. Unter ihm gähnte der Abgrund, der am steinigen Meeresufer endete. Über ihm kreisten die zornigen Seeadler, die zum Angriff bereit schienen und wohl nur darauf warteten, daß Sven seinen Standort veränderte. Dann würden sie ihn besser anfliegen können.

Svens Hände zitterten vor Aufregung. Seine Blicke wanderten immer wieder vom Meer zu den kreisenden Seeadlern hinauf. Sven wußte, daß er nicht eine Ewigkeit in der Strickleiter hängen konnte. So entschloß er sich, sie behutsam hinaufzusteigen. Sven hoffte, daß die Seeadler von ihm abließen, wenn sie erkannten, daß er sich aus der Nähe ihres Horstes entfernte. Aber das lauernde Adlerpaar ließ nicht von ihm ab. Im Gegenteil: sie schienen nur auf eine günstige Gelegenheit zum Angriff zu warten . . .

Die Seeadler greifen an

Unterdessen war Fräulein Astrid oben auf dem Berggrat die Zeit lang geworden. Immer wieder blickte sie die steile Felswand hinab, unter der Sven vor einer Weile verschwunden war. Schließlich wurde sie neugierig. Warum blieb er nur so lange? Hatte er etwa den Adlerhorst schon entdeckt?

Wieder blickte sie den Abgrund hinunter. Aber sie hörte und sah nichts von Sven. Dabei machte Fräulein Astrid die erstaunliche Erfahrung, daß sie sich mit einem Male schwindelfrei fühlte. Je öfter sie den Abgrund hinabgesehen hatte, desto mehr hatte sie sich an den Blick in die Tiefe gewöhnt.

Nun faßte sie sich ein Herz. Sie hängte sich einen ihrer Fotoapparate um, steckte ein paar Reservefilme in ihre Anoraktasche und begann Sven vorsichtig nachzuklettern. Sie vermied es, in die schreckliche Tiefe unter sich hinabzublicken. Sorgfältig tastete sie sich im Fels abwärts.

Schließlich kam sie an jene Stelle, wo Sven die Strickleiter am Fels befestigt hatte. Hier ruhte sie sich erst einmal aus, und hier wurde sie dann auch Zeuge, wie der Seeadler Sven angriff. Mit Schaudern erinnerte sie sich später an diese schrecklichen Sekunden.

Als Fräulein Astrid den heranschießenden Seeadler in der Luft entdeckte, glaubte sie erst, daß er es auf sie abgesehen hätte. Sie ahnte nicht, daß Sven einige Meter unter ihr in der Strickleiter hing und daß er es war, der den Zorn der Adler herausgefordert hatte. Vor Schreck warf sie sich flach auf den schmalen Felsvorsprung und preßte ihr Gesicht auf den Stein. Sie wartete, aber nichts passierte. Ängstlich blickte sie schließlich auf. Es hätte Fräulein Astrid nicht gewundert, wenn der Seeadler neben ihr auf einem Stein gehockt hätte – doch kein Adler war zu sehen.

Fräulein Astrid stand langsam auf und schaute sich um. Da sah sie über sich im Blau des Himmels zwei Adler kreisen. Sie waren gar nicht sehr weit von ihr entfernt und boten einen herrlichen Anblick. Fräulein Astrid vergaß alle Gefahr und dachte nur an ihr Adlerfoto. Endlich, endlich bekam sie ihre Seeadler vor die Kamera. So nah würde sie diese seltenen Raubvögel wohl kaum wieder fotografieren können. Voll Aufregung riß sie sich ihre Kamera von der Schulter und stellte hastig Entfernung und Belichtungszeit ein. Dann schoß sie ein Foto nach dem

anderen von den kreisenden Seeadlern. Als sie den Film durchgeknipst hatte, legte sie rasch den zweiten ein.

Da merkte sie, daß mit einem Male sich die Strickleiter neben ihr rührte. Sie achtete nicht mehr auf die kreisenden Adler, sondern legte sich flach auf den Fels und kroch bis an die Kante. Sie blickte hinab und sah Sven in der Strickleiter stehen. Das wollte Fräulein Astrid nun auch noch fotografieren und führte ihre Kamera ans Auge.

Da passierte es. Der Seeadler, der Sven schon einmal in lebensgefährliche Bedrängnis gebracht hatte, setzte zu seinem zweiten Angriff an und schoß auf Sven zu.

Der Junge erkannte die schreckliche Gefahr sofort. Es blieb ihm nichts übrig, als sich an die Felswand zu pressen, wobei die Strickleiter wieder heftig zu schwingen anfing.

Bei diesem Angriff war der Seeadler kühner als beim ersten Male. Hautnah sauste er durch die Luft an Sven vorbei. Hierbei versetzte er ihm mit der Schwingenspitze einen so heftigen Schlag, daß ihm der Kopf dröhnte. Das war schlimm, denn für einen Augenblick verlor Sven das Bewußtsein; dabei ließ er die Strickleiter los und fiel. Glücklicherweise fing ihn der überstehende Felsvorsprung auf, so daß er nicht in die Tiefe stürzte, sondern auf dem Felsüberhang halb besinnungslos liegenblieb.

Jeder Körperteil schmerzte, und am liebsten wäre er gar nicht mehr aufgestanden. Doch die Furcht vor einem erneuten Angriff des Seeadlers brachte ihn mühsam wieder auf die Beine. Benommen rieb er sich eine schmerzende Beule am Kopf, die immer größer zu werden schien. Es dauerte eine ganze Weile, ehe er überhaupt einen vernünftigen Gedanken fassen konnte. Langsam tastete er seine Gliedmaßen ab. Gesicht und Hände bluteten zwar, und die Hose war zerrissen, aber gebrochen hatte er sich nichts!

Sven atmete erleichtert auf. Es war wohl doch nicht so schlimm, wie es sich zunächst anfühlte. Doch wo waren die Seeadler geblieben? Einen sah er nach langem Suchen tief unter sich im Horst hocken. Der saß dort auf seinen Eiern, als hätte sich nichts ereignet. Der andere war nirgends zu entdecken. Das war ihm nur recht. Er verzichtete jetzt gern auf weitere Begegnungen mit diesen Vögeln. Sein einziger Wunsch war, möglichst bald aus der Nähe des Horstes wegzukommen.

Als sich Sven auf der Felsnase umschaute, fiel ihm plötzlich eine Bewegung an jener Stelle auf, wo er die Strickleiter am Felsen festgebunden hatte. Er blickte nach oben und erkannte Fräulein Astrid neben der Strickleiter, die Kamera noch schußbereit in der Hand.

Das machte Sven wütend.

„Nun sagen Sie bloß, daß Sie die Zeit dort oben gehockt und weiter nichts getan haben, als zu fotografieren! Das ist wirklich eine Unverschämtheit! Während ich von den Adlern angegriffen werde, machen Sie in aller Ruhe Bilder davon!"

„Ach, laß doch deine Schimpferei", rief sie zurück. „Es ist alles gutgegangen. Die Seeadler sind auch weg. Komm hoch!" Das hatte Fräulein Astrid leichtfertig dahingesagt, ohne zu sehen, daß Sven nur mit Hilfe der Strickleiter den Felsvorsprung hätte verlassen können. Unerreichbar für Sven hing sie drei Meter über ihm.

Sein Blick zur untersten Sprosse war vergeblich. Ach – wenn er sie nur greifen könnte, dann wäre er in wenigen Minuten oben auf dem Felsgipfel. Wenn er wenigstens sein Seil noch besäße, hätte er sich damit behelfen können, aber das war bei dem Sturz verlorengegangen und lag jetzt irgendwo dort unten in den Uferklippen.

„Und was machen wir nun?" fragte Fräulein Astrid, als sie Svens hoffnungslose Lage endlich begriffen hatte. Sven zuckte die Schultern. Er überlegte einen Augenblick lang, und schließlich kam ihm ein guter Gedanke.

„Ich weiß, wie ich hier wieder wegkomme. Sie müssen mir das Stück Seil beschaffen, das unten in der Jolle liegt. Es ist nicht lang. Aber es reicht, um mich daran bis zur Strickleiter hochzuziehen!" Fräulein Astrid war allerdings von diesem Plan überhaupt nicht begeistert. Wenn es ihr auch gar nicht paßte, daß sie wegen einem Seilende zum Boot hinunterlaufen sollte, so sah sie doch ein, daß sie Sven dort unten in der Wand nicht einfach im Stich lassen konnte.

„In zwei Stunden bin ich spätestens wieder hier. Sieh dich solange vor den Adlern vor", verabschiedete sie sich. Dann sah Sven ihren Kopf über dem Fels verschwinden.

Rätsel über Rätsel

Nun war Sven eine Weile sich selbst überlassen, und er hatte Zeit, seine Wunden zu verbinden, die noch immer bluteten. Da er kein Verbandszeug bei sich hatte, mußte er sein weißes Unterhemd opfern. Sven riß es sorgfältig in Streifen.

Nach dem Verbinden legte er sich, so gut es auf dem Felsüberhang in schwindelnder Höhe möglich war, auf den Stein und versuchte zu schlafen. Doch der Kampf mit dem Seeadler hatte ihn so aufgeregt, daß er kein Auge zumachen konnte. Außerdem befürchtete er, daß der Seeadler vielleicht noch einmal zurückkäme. Die Zeit verstrich, und Sven hatte Hunger und Durst.

Da hörte er einen herunterkollernden Stein. Überzeugt, daß Fräulein Astrid mit dem Seil zurück sei, hörte er statt dessen eine Männerstimme.

„He, du da unten! Hörst du mich?“ rief es von oben.

Sven hielt sich die Hände über die Augen, um besser sehen zu können. Verwundert starrte er nach oben. Über sich sah er eine Gestalt mit einem Seil. Wer war dieser Mann? Wo war überhaupt Fräulein Astrid geblieben?

„Wer sind Sie denn?“ erkundigte sich Sven überrascht und neugierig.

„Ich bin Kersten vom Fischerdorf. Und nun paß auf! Ich werfe dir jetzt das Seil hinunter. Geh aber lieber erst einen Meter zur Seite, sonst wirst du davon getroffen!“

Sven tat sofort, was ihm Kersten geraten hatte, und schon hörte er in der Luft ein leises Pfeifen, und ein Stück Tauende schlug neben ihm auf den Stein. Das andere Ende hatte Kersten in der Hand.

„So – nun kannst du am Seil hochklettern. Ich halte es fest!“ hörte er Kerstens nächste Anweisung. Sven packte das dicke Tauende mit den Händen. Er konnte es kaum festhalten. Er hatte sich beim Sturz den Arm verletzt, und jeder Handgriff tat ihm weh. Er biß die Zähne zusammen und kletterte los. Mühsam gelangte er Meter für Meter höher. Dann hatte er es endlich geschafft. Neben Kersten sank er erschöpft auf einen Felsbrocken.

„Alles okay?“ erkundigte sich der Fischer. Sven nickte kraftlos.

„Tja, dann klettere ruhig noch ganz hinauf. Du wirst nämlich oben erwartet“, feuerte ihn Kersten an und band Svens Strickleiter los, um sie zusammenzulegen. Sven verschnaufte sich kurz und kletterte dann die letzten Meter die Wand hinauf.

Sven traute seinen Augen kaum: Oben auf dem Gipfel saßen Fräulein Astrid, der Professor und Jo. Sven konnte seine Überraschung und auch sein schlechtes Gewissen kaum verbergen, als er so unvermittelt vor Asmussen stand.

„Da staunst du, uns auf Blaufjell anzutreffen! Das hast du wohl nicht erwartet?" begrüßte ihn der Professor.

Noch verwirrt von der Anwesenheit seiner Retter, konnte er sich das nur so erklären, daß Fischer Kersten den Professor und Jo auf die Insel herübergefahren hatte. Der Kutter, den er unten am Ufer in einer geschützten kleinen Bucht liegen sah, bestätigte seine Vermutung.

Eigentlich hatte Asmussen vorgehabt, Sven wegen dieses unerlaubten Ausflugs erst einmal tüchtig auszuschimpfen. Schließlich war es doch eine ziemliche Unverschämtheit gewesen, ohne Erlaubnis seine Jolle zu benutzen. Doch inzwischen hatte Fräulein Astrid ihre Strafpredigt bereits bekommen, und sein Ärger war nun, nach der glücklich überstandenen Gefahr, verflogen. Ganz im Gegenteil mußte Asmussen bei Svens Anblick sogar ein Lächeln unterdrücken. Wie sah der Junge nur aus! Er trug einen Notverband, die Hose war zerrissen, Schrammen verunzierten sein

Gesicht, seine zerzausten blonden Haare waren blutverschmiert, und auf dem Kopf hatte er eine dicke Beule. Diesem Sven konnte er nicht gram sein.

Währendessen wartete Sven mit gesenktem Haupt auf die berechtigten Vorwürfe des Professors wegen des mißglückten Ausflugs zum Adlerhorst. Als diese Vorwürfe ausblieben, meinte Sven, es sei das beste, selbst einige entschuldigende Worte hervorzubringen.

„Ist schon gut, ist schon gut!" winkte Asmussen ab und erkundigte sich, wie denn die Begegnung mit dem Seeadler ausgelaufen sei. Sven setzte sich zu den anderen und erzählte. Gespannt folgten sie Svens Bericht. Als Sven damit zu Ende war, drehte sich Asmussen kopfschüttelnd zu Fräulein Astrid um.

„Und Sie haben also den Angriff der Adler fotografiert? Ich muß sagen, daß ich Ihnen solche Kaltblütigkeit gar nicht zugetraut hätte. Und was werden Sie mit diesen Sensationsfotos machen?“ erkundigte er sich.

Fräulein Astrid lächelte geheimnisvoll. „Das soll eine Überraschung werden“, erklärte sie. Und nach einer bedeutungsvollen Pause fügte sie hinzu: „Und zwar eine Überraschung für Sven ...“

„So, so ...“, meinte der Professor zerstreut und wandte sich an die beiden Jungen. „Ihr habt großes Glück, daß der alte Kersten einige Tage eher als geplant gekommen ist. Noch heute abend könnt ihr mit ihm ins Dorf zurückkehren. Viele Leute haben sich bestimmt schon über euer Verschwinden Sorgen gemacht!“

Nun schaltete sich Kersten ins Gespräch ein. Er schien mit dem Vorschlag von Asmussen überhaupt nicht einverstanden zu sein. Kopfschüttelnd sagte er: „Wenn ihr mich dazu fragt, so meine ich, daß die beiden nicht mit mir zurückkehren sollten, denn ...“

Die anderen schauten sich alle mit verwunderten Blicken an. Was war nur in den alten Kersten gefahren? Fräulein Astrid konnte ihre Empörung kaum verbergen. Sie unterbrach den Fischer.

„Aber Kersten! Was reden Sie denn da für einen schrecklichen Unsinn daher! Sie können doch nicht so unmenschlich sein und ...“

„Halt, halt!“ rief der Fischer aus Leibeskräften dazwischen und versuchte den beginnenden Redefluß der Fotografin zu unterbrechen: „Warum lassen Sie mich denn nicht zu Ende reden. Ich wollte doch nur erklären, warum die Jungen nicht mit mir ins Fischerdorf zurückzufahren brauchen, da sie ja ohnehin von jemand anders abgeholt werden. Seht, da kommt schon ihr Schiff!“

Kersten deutete auf das Meer. Er hatte recht. Ein größeres Fahrzeug hatte gerade die Südspitze von Trenyken umrundet und hielt jetzt auf Blaufjell zu.

Die Überraschung der anderen war unbeschreiblich.

„Wahrhaftig! Dort unten fährt ein Schiff!“ rief Asmussen verdutzt aus.

„Und es ist auch gar nicht so klein wie die Kutter der Fischer“, stellte Fräulein Astrid fest.

„Hurra, die ‚Polarbjörn‘ kommt!“ jubelten Sven und Jo. Sie hatten das Eismeerschiff von Ole Berg sofort erkannt.

Der Professor drehte sich erstaunt zu den beiden Jungen um.

„Wieso, kennt ihr denn das Schiff?“ wollte er wissen.

„Welche Frage“, rief Sven. „Das ist doch das Schiff meines Vaters. Das erkenne ich auf hundert Meilen Entfernung!“ Das unvermutete Auftauchen der „Polarbjörn“ hatte die ganze Gesellschaft in Aufregung gestürzt. Alle redeten jetzt durcheinander.

Es gab jedoch einen Mann, der vielleicht die vielen Rätsel lösen konnte, und das war der alte Kersten. Die vier bestürmten ihn nun. Wieso wußte er, daß die „Polarbjörn“ kam? Und wieso konnte Ole Berg auf der „Polarbjörn“ wissen, daß sich Sven und Jo gerade auf Blaufjell aufhielten? Rätsel über Rätsel!

„Wißt ihr, das ist eine ziemlich lange Geschichte. Wenn ihr auf alle Fragen eine Antwort haben wollt, muß ich sie ganz erzählen“, begann Kersten seinen Bericht.

„Vor drei Tagen sah einer unserer Fischer weit draußen auf See ein Boot treiben. Wir alle im Dorf wußten, daß es jenes Rettungsboot war, das die Witwe Anders euch beiden Jungen verkauft hatte, und daß ihr beiden vorhattet, damit nach Tromsø zu fahren. Nun waren die Jungen schon eine ganze Woche überfällig, und alle glaubten natürlich, sie seien auf tragische Weise umgekommen. Wir benachrichtigten Ole Berg, Svens Vater. Der wollte nicht glauben, daß die Jungen verunglückt seien. Er kam mit der ‚Polarbjörn‘ nach Røst, um auf eigene Faust nach dem Verbleib von euch beiden zu forschen!“

Kersten unterbrach seinen Bericht. So viel auf einmal zu reden, war er nicht gewohnt. Er stopfte erst einmal eine Pfeife. Dabei schaute er Sven und Jo mit ernster Miene an. Die beiden Freunde waren blaß geworden, als sie aus dem Munde des Fischers hörten, welche Aufregung und Sorgen ihr Verschwinden überall hervorgerufen hatte.

Nachdem Kersten seiner Pfeife auch noch Feuer gegeben hatte, fuhr er zu erzählen fort.

„Tja, welche Zufälle es so im Leben gibt! Heute morgen fuhr ich zum Professor nach Trenyken hinüber. Ich wollte ihm ein paar wichtige Briefe bringen – und vor allem die Trinkwasserkanister, diesmal die vollen, denn der Professor hatte versehentlich die leeren mitgenommen.

Dabei erfuhr ich, daß die Jungen bei ihm waren. Allerdings hörte ich auch, daß Sven mit dem Fräulein aus Oslo heimlich nach Blaufjell gerudert war, um dort irgendwelche verrückten Adlerfotos zu machen. Deswegen sind wir dann gleich mit meinem Kutter hierhergeschippert. Als wir an Land gingen, trafen wir Fräulein Astrid, die uns dann erzählte, daß Sven im Felsen festsaß und Hilfe brauchte!"

„Und wieso weiß mein Vater, daß wir uns gerade auf Blaufjell befinden?" erkundigte sich Sven.

„Das ist schnell erklärt. Über Seefunk habe ich vor ein paar Stunden Ole Berg auf der ‚Polarbjörn' angerufen. Ich habe ihm mitgeteilt, daß ihr noch am Leben seid. Außerdem habe ich ihm gesagt, daß wir nach Blaufjell führen, um dich und die Fotografin abzuholen!"

Sven nickte mit dem Kopf.

„So ist das also", sagte er.

Gespannt auf die Ankunft der „Polarbjörn", machte sich die Gesellschaft auf den Weg zum Abstieg.

Inzwischen näherte sich das Schiff wegen der tükkischen Klippen und Riffe mit gedrosselten Motoren der Insel Blaufjell. Zur Freude der Jungen hatte die „Polarbjörn" sogar ihr vermißtes Rettungsboot im Schlepp. Die Jungen erkannten es sofort. Nach einer Weile ging die „Polarbjörn" vor Anker.

Sven und Jo standen am Ufer und sahen der Ankunft des Vaters mit verlegenen Gesichtern entgegen. Durch Kerstens Bericht war ihnen klar geworden, welche Sorgen die Eltern und viele andere Leute sich über ihren Verbleib gemacht hatten. Sven und Jo hatten deswegen ein sehr schlechtes Gewissen. Beide erinnerten sich daran, daß sie den Eltern versprochen hatten, immer vorsichtig zu sein. Aber nun hatten sie sich durchaus nicht so verhalten.

Mit dem alten Rettungsboot der Witwe Anders tukkerte Ole Berg ans Ufer. „Tuck, tuck, tuck ...", machte der alte Dieselmotor, als ob er nie gestreikt hätte, und spuckte vertraute Rauchkringel in die Luft.

Jetzt fuhr das alte Rettungsboot im flachen Wasser auf und rumpelte laut über ein paar Steine. Ole Berg sprang mit seinen Gummistiefeln ins Wasser und watete die letzten Meter an Land. Zuerst schüttelte er dem Professor, dem alten Kersten und Fräulein Astrid die Hand und wechselte einige Worte mit ihnen. Dann begrüßte er Sven und Jo. Lange blickte er beide

Jungen an, von denen er schon beinahe geglaubt hätte, sie wären nicht mehr am Leben. Ole Berg war so unendlich froh, die beiden jetzt vor sich zu sehen, daß er auf eine Strafpredigt verzichtete. Außerdem meinte er, daß Sven mit seinen Verletzungen, die er sich beim Angriff der Seeadler zugezogen hatte, genug gestraft sei.

So ging für Sven und Jo eine an Erlebnissen, aber auch an Gefahren reiche Zeit auf Røst und auf den Inseln dem Ende zu. Und so sei nur noch berichtet, daß die „Polarbjörn" am nächsten Tag heimatlichen Kurs auf Tromsø nahm.

An den steilen Felsklippen von Trenyken standen der Professor und Fräulein Astrid. Sie winkten und winkten, bis die „Polarbjörn" hinter der nächsten Insel verschwand.

Inzwischen waren viele Tage vergangen. Längst waren Jo und Sven wieder zurück in Tromsø, und das Leben im Hause Käpt'n Bergs hatte für sie wieder den gewohnten Gang genommen.

Eines Morgens bummelten die beiden Freunde durch die Stadt. Dabei kamen sie auch am Verlagshaus der „Tromsø-Zeitung" vorbei. Gerade wurde die neueste Ausgabe der Zeitung ausgehängt. Eine beachtliche Zahl von Menschen standen vor dem Fenster und drückten sich an der Scheibe die Nase platt.

„So viele Leute!" wunderte sich Sven. „Komm, laß uns hingehen und sehen!" schlug er vor. Jo war einverstanden, und die beiden versuchten sich zwischen den herumstehenden Leuten zum Zeitungsaushang durchzuschieben.

Dabei hörten sie einen Mann laut auf die anderen versammelten Leute einreden. „Ich habe es ja schon immer gesagt, daß wir diese Vögel alle abschießen sollten. Sie rauben Rentiere, Lämmer und Säuglinge. Diese Raubvögel sollten in Norwegen überhaupt nicht geduldet werden. Hier auf dem Foto seht ihr es genau. Hier ist der Beweis. Sogar harmlose Bergsteiger werden von den Adlern angegriffen . . ."

Da überkam Sven und Jo eine seltsame Ahnung. Sollte vielleicht Fräulein Astrid das Foto, das sie beim

Angriff des Seeadlers auf Sven aufgenommen hatte, an die Zeitung geschickt haben? Sven und Jo wollten Gewißheit haben. Ohne Rücksicht auf die Proteste anderer Leute boxten sie sich bis zum Zeitungsaushang durch.

Dann standen sie vor dem Titelblatt der Zeitung.

„Ich glaube, ich träume", murmelte Sven und rieb sich die Augen.

Er las eine dicke Überschrift:

SVEN BERG IM KAMPF
MIT DEM SEEADLER!

Darunter nahm ein gewaltiges Foto die ganze Seite ein. Sven erkannte sich sofort wieder.

Er stand auf der Strickleiter, preßte seinen Körper gegen den Fels, und der Seeadler griff an. Es war wirklich ein Meisterfoto, das Fräulein Astrid geschossen hatte.

„Das ist wirklich eine gelungene Überraschung", rief Jo erregt.

„Das kann man wohl sagen", fügte Sven trocken hinzu.

Dieses Sensationsfoto machte Fräulein Astrid in wenigen Wochen in ganz Norwegen als Fotografin berühmt.

Fast in allen Zeitungen wurde das Foto abgedruckt. Viele Menschen sahen das Bild, wie Sven mit dem Seeadler kämpfte, als Beweis für deren Gefährlichkeit an. Noch heute erzählen sich viele Menschen in Norwegen, daß die Adler sogar Schafe und kleine Kinder rauben.

Sven freilich wußte jetzt aus eigener Erfahrung, daß die Seeadler dem Menschen nur dann gefährlich werden, wenn ihre Horste bedroht sind.

Und so blieb ein leises Schuldgefühl in Sven zurück, so sehr er sich über Fräulein Astrids Erfolg als Fotografin freute und so stolz er auch darauf war, als Held eines gefährlichen Abenteuers mit den Seeadlern in der Zeitung gerühmt zu werden.

Die Røst-Inseln und ihre Vögel

Die Røst-Inseln, die südlichste Inselgruppe der Lofoten, liegen weit draußen im Nordatlantik, und nur bei klarer Sicht reicht von dort der Blick bis zur norwegischen Küste.

Es sind etwa 300 verschiedene Inseln und Schären, und jede sieht anders aus. Manche dieser Felsinseln sind schroff und steil, andere heben sich bucklig und abgerundet aus dem Meer. Andere wiederum sind so klein und so flach, daß bei heftigem Sturm die Wellen über sie hinweggehen.

Bei Ebbe und Flut entstehen in den schmalen Meerengen zwischen den Inseln reißende Strömungen, so daß sich nur selten Fischer mit ihren Booten in das Gewirr der zahllosen Granitinseln wagen, die beinahe alle unbewohnt sind.

Aber für die vielen Seevögel sind diese einsamen Felsinseln eine begehrte Zufluchtsstätte für den Sommer geworden. Zu Millionen brüten dann die Alken und Möwen in den Felsen, und an windstillen Tagen ist ihr Gekreisch weit über das Meer zu hören.

Die Alken

Am häufigsten treffen wir auf Røst die Alken an. Sie sind typische Meeresvögel, die überall in den Küstengewässern des Nordatlantik zu Hause sind. Wenn es Frühjahr wird, verlassen die Alken das Meer und ziehen zum Brüten an Land.

Wenn man einen Alk auf einem Felsen stehen sieht, erinnert er mit seiner erstaunlich aufrechten Haltung an Pinguine. Der Alk ist oberseits meist schwarz und hat einen weißen Bauch. Die Flügel sind so kurz, daß ihm das Fliegen große Mühe bereitet und er sich nur für kurze Zeit in der Luft halten kann. Die kurzen Stummelflügel eines Alks sind auch weniger zum Fliegen als zum Tauchen geeignet. Als hervorragender Taucher gebraucht er seine kurzen Flügel als Flossenersatz. Der Alk ernährt sich von kleinen Fischen, von Krebstierchen und Meereswürmern.

Die T r o t t e l l u m m e ist der größte und schwerste aller Alken, die wir auf Røst antreffen. Sie kann bis zu 1 000 Gramm schwer und 42 cm lang werden.

Diese Alken sind zur Zeit der Brut oben an Hals, Kopf und Rücken schwärzlich-braun gefärbt, unten aber weiß. Ihr Schnabel ist schlank und spitz. Vereinzelt finden sich Tiere mit einem wunderschönen weißen Ring rund um das Auge. Dann nennt man sie Ringellumme.

Trottellummen sind besonders gesellig veranlagt. Oft nisten sie dichtgedrängt neben anderen Vogelarten auf schmalen Felsbändern. Ihr „örr" und „ärr" ist laut und deutlich zu vernehmen. Die Trottellumme legt im Jahr nur ein Ei. Es ist erstaunlich groß, türkisfarben und bräunlich besprenkelt. Wie alle anderen Alken, so baut auch die Trottellumme kein Nest, sondern legt das Ei zum Bebrüten einfach auf den blanken Fels. Da alle Trottellummeneier eine Kreiselform haben, rollen sie nur selten über den Felsrand in die Tiefe.

Der T o r d a l k ist der Trottellumme recht ähnlich. Allerdings hat er einen dickeren Kopf und einen kürzeren Hals als die Trottellumme. Der schwärzliche Schnabel wirkt wie seitlich zusammengedrückt und zeigt eine feine weiße Querlinie. Seine Brutstätten sind steile Felsen.

Der G r y l l t e i s t ist mit 35 cm Länge einer der kleinsten Alken auf Røst. Zur Brutzeit ist er bis auf ein großes weißes Flügelfeld schwarz. Leuchtend rot sind seine Füße. Auffallend bei den Gryllteisten sind die seltsamen Kopfbewegungen. Sie nippen unentwegt mit dem Schnabel aufs Wasser, als ob sie trinken wollten. Sie brüten meistens für sich allein, und ihr Gelege besteht meist aus zwei Eiern.

Der P a p a g e i e n t a u c h e r, der nur in den nördlichen Küstengewässern vorkommt, verdankt seinen Namen einem buntgefärbten Schnabel, den er zur Brutzeit hat: er ist rot, gelb und blau gefärbt.

Papageientaucher werden nur bis zu 30 cm lang und 400 Gramm schwer. Für ihre Eiablage haben sich diese Alken einen ungewöhnlichen Brutplatz ausgedacht. Sie graben Höhlen und Röhren tief in das Erdreich hinein und sind dort vor anderen Raubvögeln geschützt. Da die Papageientaucher ihre weißen Eier in Kolonien bebrüten, gibt es Inseln, die mit ihren Bruthöhlen übersät sind.

Leider haben sich auf den einzelnen Røst-Inseln Ratten breitgemacht und die Papageientaucher von diesen Inseln vertrieben.

Die Möwen

Bedeutend bessere Flieger als die Alken sind die Möwen. Sie sind langflügelige Seevögel, denen man an den Küsten und den vorgelagerten Inseln begegnet. Manche brüten allerdings auch im Binnenland. Alle Möwen können nicht nur ausgezeichnet fliegen, sondern ebenso gut laufen und schwimmen. Ihre Nahrung ist vielseitig: sie fressen Würmer, kleine Krebse, Fische, Schnekken, Teile von toten Tieren und Abfälle. Außerdem rauben sie oft die Gelege anderer Vögel aus; sie machen sich ebenso über die Eier wie auch die Jungvögel her.

Im Gegensatz zu den Alken bauen sie Nester, die meist aus trockenen Pflanzenteilchen bestehen. Ein Möwengelege besteht meist aus drei Eiern.

Die Silbermöwe ist eine in Europa sehr verbreitete Möwenart; auch auf Røst ist sie anzutreffen. Ausgewachsene Silbermöwen sind auf dem Rücken und den Flügeloberseiten hellgrau, sonst weiß. Außerdem haben sie schwarz-weiße Flügelspitzen. Der kräftige gelbe Schnabel zeigt auf der Unterseite einen roten Fleck. Die Beine sind gelblich bis fleischfarben. Sie leben gern in Kolonien und legen drei bräunlich gesprenkelte Eier.

Die Dreizehenmöwe ist von allen Möwenarten die zahlreichste auf den Røst-Inseln. Sie hat weißes, zum Teil hellgraues Gefieder. Der Schnabel ist gelb, die Augen sind dunkel, die Beine schwärzlich. Sie ist von anderen Möwenarten am ehesten durch ihre dreieckigen schwarzen Flügelspitzen zu unterscheiden.

Große Brutkolonien der Dreizehenmöwen befinden sich immer an steil ins Meer abfallenden Felswänden. Einer der eindrucksvollsten Dreizehenmöwen-Nistfelsen liegt auf einer der Røst-Inseln, der Insel Storfjeldet. Die Zahl der dort brütenden Dreizehenmöwen überschreitet bei weitem die Millionengrenze.

Die Küstenseeschwalben

Auf den flachen Inseln und Schären von Røst sind die Küstenseeschwalben zu Hause. Sie brüten in großen Kolonien und legen ihre Eier stets in Sand oder Geröll ab, wo sie sich in ihrer Tarnfarbe kaum von der Umgebung unterscheiden. Jeden Eindringling, der ihr Brutgebiet betritt, versuchen sie durch massive Angriffe aus der Luft zu vertreiben.

Die Küstenseeschwalbe ist von der Stirn bis zum Nacken schwarz, sonst hat sie weiße und hellgraue Färbung. Auffallend ist zur Brutzeit der grellrote, spitze Schnabel. Küstenseeschwalben sind hervorragende Flieger, die Geschwindigkeiten bis zu 120 Stundenkilometer erreichen. Von allen Zugvögeln haben sie den weitesten Weg bis in ihr Winterquartier, den Gebieten der Antarktis.

Die Eiderente

Auf Røst brüten die Eiderenten zwischen Felsbrocken oder frei am Boden. Das Nest der Eiderente besteht aus trockenen Pflanzenteilchen und wird mit zarten Daunenfedern ausgepolstert. Auf Røst gibt es Leute, die die wertvollen Daunenfedern der Eiderente sammeln. Eine Eiderente wiegt bis zu 2 000 Gramm und ist somit die größte aller vorkommenden Meerestauchenten.

Die Krähenscharben

Die Versammlungsplätze der Krähenscharben sind vereinzelte Uferfelsen der Røst-Inseln. Dort sieht man schon aus der Ferne diese pechschwarzen, kranichähnlichen großen Wasservögel hokken und ihr Gefieder trocknen.

Die Krähenscharben gehören zur Familie der Kormorane. Sie brüten immer in Kolonien und haben zur Brutzeit einen gelben Fleck hinter dem schwarzen Schnabel.

Viele Fischer betreiben Jagd auf Kormorane, die sie als unersättliche Fischräuber ansehen.

Der Seeadler

Auf Røst finden sich mehrere Seeadlerhorste, die sehr unregelmäßig besetzt sind.

Der Seeadler ist einer der größten Raubvögel. Er wird bis zu 95 cm lang und erreicht eine Flügelspannweite bis zu zweieinhalb Meter. Er ist an Kopf, Mantel und Unterseite erdbraun, hat einen mächtigen gelben Schnabel und einen kurzen, keilförmigen Stoß. Er ernährt sich von Fischen und kranken Meeresvögeln und frißt auch Aas. Er raubt Gelege aus und greift mitunter auch kleinere Säugetiere an.

Es ist freilich ein Aberglaube, daß Seeadler Babys rauben. Jahrzehnte hindurch wurde der Seeadler von den Menschen verfolgt. Um ihn nicht vollkommen aussterben zu lassen, hat man ihn in fast allen Ländern unter Naturschutz gestellt.